INTRODUÇÃO

Nas páginas deste terceiro e último volume da emocionante trilogia "Uma Vida Melhor", adentramos um mundo marcado pela urgência das mudanças climáticas e pela crescente consciência global de que a sobrevivência da humanidade está intrinsecamente entrelaçada com o destino do planeta.

Em um cenário onde as fronteiras geográficas se desvanecem diante da iminência dos desafios ambientais, cientistas e visionários se unem como nunca antes, buscando soluções sustentáveis que transcenderão nações e culturas. No entanto, a busca por um futuro mais verde não se restringe apenas aos avanços tecnológicos e científicos; é também uma jornada interna, um chamado para que cada indivíduo reavalie seu papel no mundo e faça escolhas que reverberem além de sua própria vida.

A trama deste livro é dupla, entrelaçando a busca por soluções climáticas com a transformação pessoal de seus protagonistas. À medida que as temperaturas globais continuam a subir e catástrofes ambientais se multiplicam, cientistas de diversas áreas e nações se reúnem, colocando de lado fronteiras e rivalidades em prol de um objetivo comum: encontrar maneiras inovadoras de mitigar os efeitos do aquecimento global. Suas descobertas e colaborações transcenderão diferenças culturais, unindo conhecimento e esperança em uma rede global de ação pela sustentabilidade.

No entanto, as mudanças necessárias vão além das tecnologias e dos laboratórios. Enquanto o mundo lida com os desdobramentos devastadores das mudanças climáticas, as personagens centrais desta narrativa enfrentam suas próprias jornadas interiores.

A trilogia culmina em uma profunda exploração das virtudes humanas, da honestidade à caridade, da empatia ao direcionamento de recursos para aqueles mais afetados pelas crises ambientais. À medida que os personagens crescem e evoluem, eles percebem que o verdadeiro poder da mudança reside em cada indivíduo, em cada gesto compassivo e em cada escolha ética.

"Uma Vida Melhor - Além das Fronteiras" nos convida a contemplar não apenas as soluções práticas para os desafios climáticos, mas também a nossa capacidade de renovação pessoal e coletiva. À medida que viramos cada página, somos lembrados de que as histórias de transformação não têm limites geográficos. Elas cruzam fronteiras e se entrelaçam, revelando que a busca por um mundo mais sustentável é inseparável da busca por uma humanidade mais compassiva e consciente. Junte-se a nós nessa jornada final e inspiradora, onde as páginas deste livro refletem os desejos mais profundos de um planeta e de suas pessoas por uma vida melhor.

AGRADECIMENTOS

Ao encerrarmos esta trilogia, é impossível não sentir uma profunda gratidão por todas as pessoas que tornaram possível a criação deste livro e a jornada que ele representa. Expressar em palavras a magnitude da nossa apreciação é um desafio, mas aqui vão nossos sinceros agradecimentos:

Aos leitores, que embarcaram conosco nessa jornada literária e nos acompanharam através das páginas de "Uma Vida Melhor". Suas mensagens de apoio, reflexões e críticas construtivas foram a bússola que nos guiou durante a escrita. Obrigado por se envolverem tão profundamente com nossos personagens e suas trajetórias.

À equipe editorial, cuja dedicação e expertise foram essenciais para transformar ideias em palavras impressas. Seu comprometimento em aprimorar cada aspecto deste livro trouxe clareza e fluidez à narrativa, e estamos profundamente gratos por sua contribuição.

Aos cientistas e especialistas em mudanças climáticas que gentilmente compartilharam seus conhecimentos e perspectivas. Suas visões informadas sobre os desafios e soluções em relação ao ambiente global foram fundamentais para enriquecer a história e adicionar profundidade à trama.

Aos amigos e familiares, por seu apoio inabalável e compreensão durante os momentos em que mergulhamos profundamente na escrita. Seus incentivos e paciência nos deram a confiança necessária para concluir esta trilogia com coragem e determinação.

A todos aqueles que, de uma forma ou de outra, trabalharam nos bastidores para tornar este livro uma realidade, desde os designers de capa aos distribuidores. Cada pequeno esforço culminou na materialização destas palavras em um objeto tangível, pronto para ser compartilhado com o mundo.

Mas, acima de tudo, queremos expressar nosso agradecimento à humanidade como um todo. Nossa jornada através destes três livros reflete uma busca coletiva por um futuro mais sustentável, compassivo e consciente. Juntos, reconhecemos que as fronteiras e divisões criadas pelo homem são passageiras em comparação com os desafios que enfrentamos como espécie. Que este livro sirva como um lembrete constante de que somos todos parte de um mesmo sistema interconectado, onde cada ação, por menor que seja, tem um impacto duradouro.

Que as histórias aqui contadas possam inspirar conversas, reflexões e ações que ultrapassem barreiras e ampliem horizontes. Acreditamos firmemente que, através da mudança interior e exterior, cada um de nós tem o poder de contribuir para a criação de um mundo melhor além das fronteiras que dividem nossa Terra.

Com profunda gratidão,

Eros

CAPÍTULO UM

A CHEGADA A UNICAMP

Na nova era científica no Brasil, muitos desafios foram enfrentados para utilizar a ciência em prol da melhoria da vida da população. A pesquisa e inovação científica tornaram-se ferramentas essenciais para abordar questões como saúde, meio ambiente, tecnologia e desenvolvimento econômico. No entanto, obstáculos como financiamento insuficiente, infraestrutura precária e burocracia podem ter dificultado a plena realização desses objetivos.

Denis, nascido em Aurora, sempre foi fascinado pela ciência desde jovem. Desde criança, ele questionava seus pais sobre o funcionamento de várias coisas, desde máquinas agrícolas até os complexos conceitos por trás da internet, Wi-Fi e até mesmo o ciclo das chuvas. Sua curiosidade incessante o impulsionou a aprender mais e buscar respostas para suas perguntas.

Aos dezoito anos, Denis decidiu que era hora de levar sua paixão pela ciência a um nível mais elevado. Ele se mudou para Campinas com o objetivo de estudar física na Universidade Estadual de Campinas (UNICAMP), uma instituição renomada em pesquisa e ensino. Lá, ele teve acesso a professores inspiradores, laboratórios bem equipados e um ambiente acadêmico que estimulava sua busca pelo conhecimento.

Durante seus estudos em física na UNICAMP, Denis teve a oportunidade de explorar ainda mais suas paixões e curiosidades científicas. Ele mergulhou em temas como mecânica quântica, relatividade, partículas subatômicas e muito mais. Sua jornada acadêmica foi desafiadora, mas sua motivação intrínseca o impulsionou a superar obstáculos e a se destacar em sua área de estudo.

Enquanto avançava em sua formação, Denis também se envolveu em projetos de pesquisa interdisciplinares, colaborando com colegas de diferentes áreas como engenharia ambiental e energia sustentável. Ele percebeu que a ciência não era apenas uma busca individual pelo conhecimento, mas uma busca coletiva para resolver problemas complexos e impactar positivamente a sociedade.

Com o tempo, Denis contribuiu para avanços científicos em sua área de estudo e também se tornou um defensor da divulgação científica, compartilhando seu conhecimento com o público em geral. Ele acreditava que a ciência deveria ser acessível a todos e que, ao compartilhar informações de maneira compreensível, poderia inspirar outras mentes curiosas a seguirem o caminho da pesquisa e da inovação.

Denis, o menino curioso de Aurora, transformou-se em um cientista comprometido em desvendar os mistérios do universo e contribuir para a melhoria da vida das pessoas por meio da ciência. Sua jornada era um exemplo de como a paixão, a curiosidade e a determinação podem impulsionar alguém a alcançar grandes feitos na nova era científica no Brasil.

Denis conversava com um amigo da UNICAMP chamado Lucas a respeito dos avanços científicos atuais sentado no mural de um dos prédios de sala de aula da universidade.

"Lucas, você já parou para pensar em todas as possibilidades que a carreira de físico oferece? Quero dizer, há tantas especialidades diferentes, desde física teórica até física experimental. Cada uma delas nos permite explorar aspectos únicos do universo" perguntou Denis.

"É verdade, Denis. Eu também tenho pensado muito nisso. Eu sou realmente apaixonado por astrofísica, sabe? A ideia de entender o funcionamento das estrelas, galáxias e até mesmo os buracos negros me fascina" disse Lucas.

"E não é incrível como a física nos dá as ferramentas para desvendar esses mistérios? Mas, sabe, eu também tenho ouvido sobre os desafios que os físicos enfrentam, especialmente quando se trata de finanças. Muitos pesquisadores e professores lutam para se sustentar com os salários oferecidos" disse Denis.

"É, isso é algo que me preocupa. Eu sei que a paixão pela ciência é importante, mas também precisamos garantir nosso sustento. A pesquisa muitas vezes depende de financiamentos e bolsas, e isso nem sempre é garantido" disse Lucas.

"Com certeza, Lucas. Mas o que me motiva é que a ciência vai além do dinheiro. Eu sou apaixonado por entender como o mundo funciona, por explorar as fronteiras do conhecimento. A recompensa intelectual e o potencial de fazer descobertas que possam beneficiar a sociedade são o que realmente me movem".

"Concordo com você, Denis. Acho que, no fundo, todos nós que escolhemos essa carreira temos essa paixão ardente pela ciência. Ainda assim, não podemos negar os desafios. Como você acha que lidaria com a possibilidade de ter que sustentar uma família, por exemplo?"

"É uma questão importante, Lucas. Eu sei que pode ser complicado, mas tenho esperança de que, ao longo da minha carreira, encontrarei maneiras de equilibrar minha paixão pela ciência com minhas responsabilidades pessoais. Talvez eu possa explorar oportunidades diferentes, como trabalhos acadêmicos, consultorias científicas ou até mesmo a divulgação científica para o público em geral".

"Sua dedicação é admirável, Denis. Eu acho que, apesar dos desafios, a verdadeira recompensa está na busca pelo conhecimento e na contribuição que podemos fazer para a humanidade. A ciência é uma jornada incrível, e estamos no caminho certo para descobrir coisas que podem mudar a forma como vemos o mundo".

"Concordo plenamente, Lucas. E ter amigos ao meu lado, compartilhando essa jornada, torna tudo ainda mais especial. Vamos enfrentar esses desafios, seguindo nossa paixão e buscando o conhecimento que nos motiva".

"Definitivamente, Denis. Podemos superar qualquer obstáculo. E, quem sabe, talvez um dia nós possamos olhar para trás e ver como nossas contribuições fizeram a diferença na compreensão do universo".

"Com certeza, Lucas! Vamos continuar nossa jornada com determinação e entusiasmo, sempre mantendo nossa paixão pela ciência em primeiro lugar!"

Durante seus anos de graduação na Universidade Estadual de Campinas (UNICAMP), Denis mergulhou em uma jornada de descoberta não apenas no campo da física, mas também em relação a si mesmo e às relações interpessoais. Desde o início, ele demonstrou uma incrível capacidade de fazer amizades e se conectar com pessoas diversas, criando uma rede de amigos que compartilhavam seu entusiasmo pelo conhecimento.

Denis estava sempre à procura de novas amizades e oportunidades de aprendizado. Ele participava ativamente de grupos de estudo, clubes científicos e eventos universitários. Sua atitude amigável e genuína curiosidade atraíam as pessoas para perto dele. Com o tempo, ele construiu um círculo de amigos com interesses em vários campos de pesquisa como meio ambiente e energia sustentável no Brasil, o que o ajudou a enfrentar os desafios acadêmicos e a celebrar as conquistas juntos.

A biblioteca universitária se tornou como uma segunda casa para Denis. Mesmo quando festas e celebrações ocorriam nas repúblicas estudantis, ele frequentemente preferia passar suas noites estudando até tarde na biblioteca. Ele acreditava que a tranquilidade do ambiente e o acesso aos recursos de pesquisa eram essenciais para seu crescimento acadêmico.

Entre as prateleiras cheias de livros, Denis encontrava conforto e inspiração. Ele tinha um amor especial pelos livros, especialmente o cheiro dos novos e grossos volumes. O cheiro de um livro recém-impresso era como uma fragrância que o fazia sentir-se em casa. Um de seus livros favoritos era "Cálculo" de Leithold, um livro denso e desafiador que ele considerava um tesouro de conhecimento, embora fosse um dos assuntos mais desafiadores dos primeiros anos.

Denis também admirava profundamente seus professores e colegas que demonstravam facilidade em assuntos que ele achava complexos, como cálculo avançado. Ele via essas pessoas como fontes de inspiração e motivação para se superar. Em vez de sentir inveja, ele encarava essas habilidades como algo a aspirar, algo que ele poderia alcançar com esforço e dedicação.

Com o passar dos anos, Denis não apenas se destacou academicamente, mas também se tornou uma parte valiosa da comunidade universitária. Sua disposição de ajudar os outros, compartilhar conhecimentos e seu amor genuíno pela aprendizagem inspiraram tanto os colegas quanto os professores. Ele demonstrou que a busca pelo conhecimento ia além das notas e dos exames, era uma jornada de autodescoberta e crescimento constante.

Nos fins de semana, quando Denis encontrava um momento tranquilo, ele pegava seu celular e ligava para seus pais em Aurora. A distância não enfraquecia os laços familiares, e essas conversas eram momentos preciosos para compartilhar suas experiências e ouvir as vozes que ele tanto amava.

Um sábado à tarde, Denis estava sentado em seu quarto na república estudantil, segurando o celular com um sorriso no rosto enquanto a chamada era atendida.

"Alô, Denis! Como você está? Como tem sido a vida na universidade?" perguntou seu pai Nimo.

"Oi, pai! Estou bem, obrigado. A vida aqui é intensa, cheia de desafios e aprendizado constante. As aulas estão cada vez mais interessantes. Como estão todos? E Emma?"

"Estamos bem. Emma está morando Em São Paulo na moradia universitária da USP com o início das aulas. E você tem se sentido bem aí? Está fazendo amigos?" perguntou sua mãe Linde.

"Sim, mãe. Conheci muitas pessoas legais. Inclusive, fiz uma amiga chamada Raquel. Ela também está estudando física aqui na UNICAMP. Nós nos damos muito bem e conversamos sobre tudo" disse Denis.

"É ótimo saber que você está fazendo amizades. E o que vocês costumam conversar?"

"Bem, pai, nós conversamos sobre diversos assuntos. Às vezes, falamos sobre as aulas, sobre física, claro. Mas também discutimos sobre o futuro do Brasil na ciência e no mundo. Acreditamos que o país tem um grande potencial para avançar na pesquisa e na inovação".

"E como você imagina que a ciência pode melhorar a vida da população no Brasil?" perguntou a mãe Linde.

"Acho que a ciência pode ter um papel transformador no Brasil. Nós discutimos sobre como a pesquisa científica pode levar a avanços em áreas como saúde, energia renovável, agricultura sustentável e muito mais. Acredito que, se houver mais investimento e apoio à pesquisa, poderemos encontrar soluções para muitos dos desafios que enfrentamos".

"Isso é muito interessante, Denis. É bom ver você tão envolvido e pensando no futuro do país. A educação e a pesquisa são realmente cruciais para o desenvolvimento" disse Nimo.

"Com certeza, pai. Eu tenho muita esperança de que o Brasil possa se destacar no cenário científico internacional e contribuir para um futuro melhor para todos".

As conversas com seus pais e com Raquel eram fontes de inspiração e reflexão para Denis. Ele via na ciência não apenas um caminho pessoal de crescimento, mas também uma maneira de contribuir para o progresso da sociedade. Sua paixão pela física o impulsionava a imaginar um Brasil mais forte e inovador, onde a ciência poderia desempenhar um papel fundamental na melhoria da qualidade de vida da população.

Em uma manhã ensolarada na universidade, Denis estava sentado na sala de aula, aguardando o início de uma palestra sobre física quântica. Ao seu lado, uma Jovem de cabelos loiros e olhos verdes estava lendo um livro relacionado ao tema. Ela lembrava muito o estilo holandês de sua comunidade em Floresville. Ele percebeu que tinha visto ela nas aulas anteriores e decidiu iniciar uma conversa.

"Olá, eu me chamo Denis. Você também está interessada em física quântica?" perguntou Denis sorrindo.

"Olá, Denis. Prazer em conhecê-lo. Sim, eu adoro física quântica. Meu nome é Raquel, e estou realmente empolgada com esse assunto" respondeu Raquel erguendo os olhos do livro.

"Que coincidência! Também tenho um grande interesse em física quântica. É um campo tão fascinante. Você já leu sobre os experimentos de dupla fenda? Acho que eles são um dos exemplos mais intrigantes da teoria".

"Sim, exatamente! A ideia de que uma partícula pode se comportar como onda e partícula ao mesmo tempo é simplesmente incrível. E os experimentos de dupla fenda realmente desafiam nossa compreensão da realidade". Disse Raquel.

A conversa fluiu naturalmente, e eles logo descobriram que compartilhavam não apenas um interesse mútuo em física, mas também uma curiosidade profunda sobre como o Brasil.

"Além da física, você tem pensado sobre o futuro da ciência no Brasil e no mundo? Eu tenho a sensação de que estamos vivendo em um momento empolgante, onde a pesquisa científica pode realmente moldar o futuro" perguntou Denis.

"Definitivamente. Acredito que a ciência tem o potencial de melhorar a vida das pessoas de muitas maneiras. No Brasil, por exemplo, poderíamos usar a pesquisa para desenvolver tecnologias mais sustentáveis e acessíveis. Isso impactaria positivamente a população e o meio ambiente".

"Exatamente! Imagine se conseguíssemos resolver desafios como acesso à água potável, energia limpa e sistemas de saúde mais eficazes. A ciência tem as ferramentas para abordar esses problemas complexos". disse Denis.

"Concordo totalmente. E não só no Brasil, mas em todo o mundo. A colaboração entre cientistas de diferentes países pode levar a descobertas e avanços ainda mais significativos".

"É isso que me motiva a estudar física. A ideia de fazer parte dessa comunidade global de cientistas que trabalham juntos para melhorar o mundo é realmente emocionante" disse Denis entusiasmado.

"Denis, eu admiro sua paixão pela ciência e seu otimismo sobre o futuro. Acredito que, se continuarmos seguindo nossa curiosidade e buscando conhecimento, podemos realmente fazer a diferença!"

Denis e Raquel continuaram a conversar após a aula, discutindo tópicos que variavam desde os mistérios do universo até as possibilidades de contribuir para um futuro mais brilhante. A amizade deles cresceu a partir desse encontro e se tornou uma parceria intelectual que os inspiraria a enfrentar os desafios do mundo da física e da ciência com entusiasmo renovado ao mesmo tempo que um amor crescente os atraia.

Em um outro dia, após uma empolgante aula de física quântica, Denis e Raquel decidiram continuar a conversa no restaurante universitário. Caminharam juntos até o refeitório, onde pegaram suas refeições com os tickets que sempre carregavam consigo.

"E então, Raquel, estou curioso para ouvir mais sobre suas opiniões sobre o futuro da ciência no Brasil.

"Claro, Denis! Acho que temos muitas ideias interessantes para explorar. E vamos aproveitar esse almoço no refeitório!"

Eles se sentaram em uma mesa próxima à janela, seus bandejões repletos de comida. Denis pegou uma porção de feijão com a farofa de soja que ele tanto adorava, enquanto Raquel montou sua refeição com uma seleção de vegetais e proteínas.

"Sabe, Raquel, essa farofa de soja no feijão é uma combinação que eu não posso resistir. Ela me dá energia para estudar até tarde da noite" disse Denis.

"É engraçado como pequenas coisas como uma refeição podem ter um grande impacto em nossa rotina de estudos.

E eu sempre fico impressionada com o quanto você consegue se dedicar aos estudos!" disse Raquel sorridente.

"Bem, você também não fica para trás, Raquel. Sempre que discutimos física ou qualquer outro tópico, eu fico totalmente envolvido na conversa".

À medida que eles saboreavam a comida, suas conversas continuavam a fluir, e o mundo ao redor parecia desaparecer. As pessoas passavam ao lado, mas Denis e Raquel estavam tão imersos um no outro que mal notavam o movimento ao redor.

"Você sabe, Denis, é realmente incrível como a ciência pode transcender fronteiras e unir pessoas de diferentes origens e culturas. A busca pelo conhecimento é algo que nos conecta em um nível profundo" disse Raquel pensativa.

"Com certeza, Raquel. A ciência é uma linguagem universal. Ela nos dá a capacidade de compreender o mundo e, ao mesmo tempo, nos permite colaborar com pessoas de todo o mundo para resolver problemas complexos".

"Parece que o tempo passou voando. Já está na hora de voltarmos para as aulas da tarde" disse Raquel olhando para o relógio.

"É verdade, Raquel. Mas fico feliz que tenhamos tido essa conversa. Sempre é inspirador trocar ideias com você".

Eles levantaram-se da mesa e se dirigiram de volta ao prédio central, cheios de energia renovada e uma sensação de empolgação compartilhada. Seus laços continuavam a crescer, alimentados pela paixão mútua pela ciência e pela maneira única como um completava o pensamento do outro. Enquanto o mundo seguia em seu ritmo ao redor deles, Denis e Raquel continuavam a serem absorvidos em sua própria bolha de conversa e companheirismo.

CAPÍTULO DOIS

SÃO TOME DAS LETRAS

A turma de física da UNICAMP estava animada com a ideia de organizar uma excursão para São Tomé das Letras, um lugar famoso por suas paisagens místicas e lendas urbanas. A cidade era conhecida por suas aparições de objetos voadores não identificados (UFOs), o que gerava grande interesse entre os estudantes, incluindo Denis e Raquel. Eles também estavam ansiosos para explorar o local e aproveitar a oportunidade de estar juntos em um ambiente diferente.

No dia da viagem, todos os estudantes se reuniram no ônibus, empolgados com a aventura que os aguardava. Denis e Raquel encontraram lugares próximos no banco do ônibus, ansiosos para a jornada.

"Acho que essa excursão vai ser interessante, não acha? São Tomé das Letras é conhecida por seus mistérios e histórias de UFOs" disse Denis.

"É verdade, Denis. Eu estava curiosa para saber se algum de nós vai avistar um OVNI durante essa viagem" disse Raquel rindo.

À medida que o ônibus avançava pela estrada sinuosa nas montanhas de Minas Gerais, Denis e Raquel mergulhavam em uma conversa sobre a possibilidade de vida em outros planetas, teorias sobre viagens interestelares e os avanços científicos que poderiam nos aproximar da compreensão desses mistérios.

"Acredito que com os avanços tecnológicos, talvez um dia possamos realmente descobrir se há vida além da Terra. Quem sabe o que o universo nos reserva?" disse Denis olhando para as montanhas.

"É fascinante pensar em todas as possibilidades. Se há tantos planetas lá fora, é difícil acreditar que estamos sozinhos" disse Raquel.

À medida que a noite caía e o ônibus se aproximava de São Tomé das Letras, a atmosfera se tornava mais mágica. Denis e Raquel permaneciam lado a lado, cada vez mais envolvidos em sua conversa profunda.

"Você sabe, Raquel, a busca por vida em outros planetas me faz pensar o quão precioso é cada momento que temos aqui na Terra".

"Concordo completamente, Denis. E cada momento que passo ao seu lado é ainda mais especial!"

E, naquele momento, com a paisagem correndo pelo vidro do ônibus algo mágico aconteceu. Denis e Raquel deram as mãos de forma natural, como se estivessem conectando suas mentes e corações.

"Raquel, você é uma pessoa incrível, e cada dia ao seu lado é uma alegria para mim!" disse Denis olhando nos olhos de Raquel.

"Denis, eu também sinto o mesmo. Estar com você é algo único, e acho que nosso interesse compartilhado em ciência, UFOs e o desconhecido nos une de uma maneira especial" disse Raquel sorrindo.

E assim, depois de uma longa e profunda conversa sobre a busca por vida em outros planetas e a imensidão do universo, Denis e Raquel se inclinaram um para o outro e compartilharam seu primeiro beijo romântico, selando o início de um novo capítulo em sua jornada juntos. O mundo dos mistérios do universo e a magia de seu relacionamento se entrelaçaram naquela viagem.

Quando chegaram na cidade, rapidamente se dirigiram ao topo dos morros. A exploração de São Tomé das Letras continuava, e os estudantes de física estavam imersos na atmosfera misteriosa e lendária da cidade. Alguns alunos, curiosos com as histórias de UFOs e fenômenos estranhos, começaram a medir a radiação do local usando equipamentos especializados. Os resultados surpreenderam a todos, pois a radiação estava muito acima da média esperada.

Denis, Raquel e outros estudantes se reuniram para discutir esses achados enquanto exploravam a cidade feita de pedras.

"Esses resultados são realmente intrigantes. A radiação está bem acima do normal. Será que há alguma explicação científica para isso?" perguntou Denis olhando para o equipamento.

"É estranho, não acha? A cidade é conhecida por suas lendas e mistérios, mas isso realmente adiciona uma camada extra de mistério" disse Raquel.

Enquanto os estudantes debatiam as possíveis causas dos resultados, eles cruzaram com um morador idoso da cidade, sentado em uma praça. O homem tinha uma expressão tranquila e misteriosa, como se carregasse consigo segredos antigos. Seu nome era Jonas.

"Vejo que vocês estão intrigados. Essa cidade tem uma longa história de mistérios e enigmas" disse Jonas

"É verdade, nós ouvimos sobre as lendas e aparições de UFOs. Poderia nos contar mais sobre isso?"

"Claro, Canopes. Dizem que décadas atrás, um fazendeiro daqui viu um disco voador pousar na colina lá atrás. Ele conta que viu seres de outro mundo caminhando pela cidade naquela noite" disse Jonas.

"E o que aconteceu depois disso?" perguntou Raquel curiosa.

"As histórias variam. Alguns dizem que a cidade tem uma passagem tridimensional para outros universos, e que esses seres visitam nossa realidade ocasionalmente. Mas isso é mais uma lenda, uma história contada ao redor das fogueiras" disse Jonas.

"É realmente fascinante. A cidade toda feita de pedras, os mistérios que a cercam, isso cria um clima único aqui!" disse Denis.

"Foi bom virmos aqui para explorar o local!" disse outro estudante em meios a turma da excursão.

"A cidade tem suas peculiaridades, isso é certo. Muitos acreditam nas histórias, outros acham que são apenas contos fantásticos. O importante é que cada um de vocês tire suas próprias conclusões" disse Jonas.

Os estudantes continuaram explorando a cidade, sentindo o clima místico que a envolvia. Eles percorreram cada centímetro em busca de pistas ou algo que pudesse confirmar as lendas sobre aparições alienígenas. Enquanto olhavam para as rochas e monumentos da cidade, imaginavam como seria se aqueles mistérios fossem de fato verdadeiros.

A excursão para São Tomé das Letras se transformou em uma jornada para além dos limites da realidade conhecida. Os estudantes se encontravam entre lendas e fatos científicos, inspirados pela possibilidade de desvendar os segredos do universo e da própria cidade. Enquanto a noite caía e as estrelas começavam a brilhar, Denis e Raquel trocaram olhares cheios de curiosidade e entusiasmo, prontos para enfrentar os mistérios que a noite poderia revelar.

O dia em São Tomé das Letras havia sido repleto de descobertas e mistérios, e agora o ônibus estava voltando à universidade. Denis e Raquel estavam sentados juntos novamente, contemplando o que haviam vivenciado enquanto as estrelas cintilavam no céu noturno através das janelas do ônibus.

"Foi realmente uma experiência única, não é, Raquel? Tantas histórias, lendas e mistérios... isso nos faz pensar sobre nosso lugar no universo" disse Denis suspirando.

"Concordo, Denis. O desconhecido nos desafia a explorar, a questionar e a buscar respostas. E estar aqui com você tornou tudo ainda mais especial" disse Raquel olhando para o ceu.

À medida que a conversa continuava, Denis sentia uma conexão profunda e um desejo crescente de compartilhar algo pessoal com Raquel. A confiança que haviam construído ao longo do tempo era palpável, e ele sentia que era o momento certo para revelar algo que guardava há muito tempo.

"Raquel, há algo que eu nunca contei a ninguém, exceto meus amigos de infância. Acho que é hora de compartilhar isso com você" disse Denis olhando para Raquel.

"O que é, Denis? Você pode me contar. Estou aqui para ouvir".

O ônibus estava escuro por dentro, e a atmosfera parecia propícia para a confidência que Denis estava prestes a fazer.

"Quando eu tinha nove anos, eu e meus amigos de infância estávamos brincando na rua em Aurora. Era uma noite clara, e de repente vimos algo estranho no céu. estava brincando na rua com meus amigos de infância e estava tudo normal como qualquer outra noite, até que algo aconteceu que mudou completamente minha perspectiva.

"Conta o que aconteceu". Disse ela ansiosa.

"Estávamos lá, correndo e rindo, como crianças fazem. De repente, olhei para o céu e vi algo que me deixou sem palavras. Era um disco voador, Raquel. Um objeto redondo e grande, suspenso no ar, cheio de luzes coloridas que giravam embaixo dele. Um objeto luminoso que se movia de maneira diferente de qualquer coisa que já tínhamos visto".

"Um disco voador? Você quer dizer um UFO?" perguntou Raquel surpresa.

"Sim, exatamente. Lembro-me de ficar parado lá, olhando para o céu, tentando entender o que estava acontecendo. Eu gritei: "Olha o disco voador!" Todos nós olhamos para cima, e lá estava ele, pairando silenciosamente. As luzes embaixo eram vibrantes, pareciam dançar no ar enquanto giravam devagar, não muito rápido. Era algo surreal, algo que desafiava toda a nossa compreensão" disse Denis.

"Denis, é incrível que você esteja compartilhando isso comigo. Deve ter sido uma experiência impressionante, especialmente quando você era tão jovem".

"É algo que eu nunca esqueci. E estar aqui, explorando os mistérios e lendas em São Tomé das Letras, me fez lembrar dessa noite. Sinto que posso compartilhar isso com você porque confio em você, Raquel".

"Denis, estou honrada por você ter compartilhado essa história comigo. Deve ter sido uma visão incrível! Sua confiança significa muito para mim. E quem sabe, talvez nossas jornadas de exploração nos levem a mais respostas sobre esses mistérios algum dia".

Denis: Foi muito especial. Devido a esta visão com meus amigos de infância eu me senti especial, como se tivesse sido escolhido por eles para poder vê-los como uma testemunha que existe vida além deste planeta e que não estamos sós Raquel. Lembro-me de como me senti pequeno diante da vastidão do universo naquele momento. O disco voador nos observava, e nós o observávamos. Era como se o tempo tivesse parado.

"E então o que aconteceu Denis?"

"Depois de um tempo, as luzes começaram a acelerar, como se estivessem cobrindo uma distância incrível em um instante. O disco então disparou para longe em uma velocidade impressionante, desaparecendo no horizonte em questão de segundos".

"E como isso afetou você?"

"Aquela experiência mudou minha vida, Raquel. Ver algo tão extraordinário, algo que sabia que não era da Terra, me fez perceber que existem mistérios incríveis além do que podemos entender. Eu sabia naquele momento que o universo era muito maior do que minha imaginação podia abranger. E desde então, a busca pelo conhecimento e pela compreensão se tornou uma parte fundamental da minha vida.

"Denis, obrigada por compartilhar essa história comigo. É incrível como uma experiência tão singular pode moldar nossa visão do mundo" disse ela segurando sua mão.

"Eu queria compartilhar essa parte da minha história com você, porque você também é uma parte importante da minha vida agora, Raquel. E assim como aquele disco voador mudou meu olhar para o universo, você mudou minha perspectiva sobre o que é possível na vida".

Eles sorriram um para o outro, compartilhando um momento de conexão profunda, não apenas com o universo misterioso lá fora, mas também com os mistérios da vida e do amor que eles estavam descobrindo juntos. A conversa deixou uma sensação de reverência pelo desconhecido e uma apreciação ainda maior pelo caminho que estavam trilhando lado a lado.

Nesse momento, Denis e Raquel se abraçaram, sentindo a força de sua conexão e a compreensão mútua que haviam cultivado. Enquanto o ônibus seguia seu caminho de volta à universidade, eles compartilharam um beijo suave, selando não apenas o momento, mas também o início de uma relação construída sobre confiança, curiosidade e uma profunda vontade de explorar o desconhecido juntos. O universo parecia mais vasto e cheio de possibilidades naquele momento, enquanto o ônibus continuava sua jornada pela estrada escura, levando consigo duas almas conectadas pelo mistério e pela paixão pela ciência e pela vida.

CAPÍTULO TRÊS

PÓS-GRADUAÇÃO

Tudo aconteceu tão rápido depois daquela noite inesquecível. O tempo parecia ter adquirido asas e voava sem pedir licença. Denis mergulhou de cabeça em seus estudos de física quântica na UNICAMP, dedicando horas intermináveis na busca pelo conhecimento. Raquel, por sua vez, também mergulhou de cabeça em sua própria jornada.

Em uma tarde nublada e abafada. Denis e Raquel se encontraram em um dos lugares especiais que costumavam frequentar. Sentaram-se em um banco no campus, observando as folhas dançando ao vento.

Raquel, esses últimos meses foram incríveis, mas também desafiadores. A física quântica me fascina cada vez mais, e eu sinto que tenho muito a aprender. Eu decidi... Decidi que vou fazer mestrado aqui mesmo, na UNICAMP"

"Denis, estou tão feliz por você! Tenho certeza de que você vai brilhar nesse caminho. E sabe, a minha jornada também tomou um rumo surpreendente. Depois de muita reflexão, decidi que vou estudar no exterior, na Universidade Brigham Young, em Utah. A oportunidade é incrível e eu realmente quero explorar novos horizontes.

"No exterior? Isso é uma decisão e tanto, Raquel. Mas eu entendo a sua busca por novas experiências. Você vai se sair incrivelmente bem, tenho certeza" disse Denis surpreso.

"Denis, você sempre foi meu maior apoiador. Não importa onde estivermos, vamos continuar apoiando um ao outro em nossos sonhos. A distância não muda o que temos" disse Raquel segurando a mão de Denis.

"Você está certa, Raquel. A distância não apaga o que compartilhamos. Nossos sonhos podem nos levar por caminhos diferentes, mas o que temos é especial. E, antes de você partir, há algo que eu quero fazer" disse Denis segurando a mão de Raquel mais forte.

Denis se levanta e se aproxima de Raquel. Ele segura delicadamente o rosto dela e a beija, um beijo cheio de emoção, promessas e desejos silenciosos.

"Denis, eu nunca vou esquecer de nós!" disse Raquel com lagrimas nos olhos.

O sol começava a se pôr, tingindo o céu de tons quentes e dourados. O beijo marcava o fim de um capítulo, mas também o começo de dois novos caminhos. Enquanto Denis observa Raquel se afastando, sentiu um misto de saudades e expectativa.

Com o passar dos dias, a distância não diminuiu o que sentiam um pelo outro. As mensagens e chamadas frequentes mantiveram a conexão viva, enquanto ambos mergulhavam em suas respectivas jornadas de crescimento pessoal e acadêmico. E, apesar da saudade, eles sabiam que suas escolhas os levariam a lugares incríveis, onde continuariam a explorar o mundo do conhecimento, sempre unidos de alguma forma.

Na sala de aula do curso de mestrado em física quântica na UNICAMP, o ambiente estava carregado de expectativa enquanto Denis e seus colegas se preparavam para mais uma aula intrigante. O professor, um renomado pesquisador na área, caminhou até o quadro-negro com um olhar entusiasmado.

"Bom dia, pessoal! Hoje, vamos discutir um dos conceitos mais fascinantes e complexos do mundo quântico: a possibilidade da existência de universos paralelos" disse o professor enquanto escrevia equações no quadro negro.

Os olhos de Denis brilharam de empolgação. Ele sabia que essa aula seria uma jornada emocionante pela fronteira do conhecimento.

"Como vocês já aprenderam, o mundo quântico é um território onde as regras da física clássica se transformam em algo completamente diferente. Partículas subatômicas podem estar em múltiplos estados ao mesmo tempo, graças ao princípio da sobreposição" disse o professor apontando para as equações.

"Professor, isso significa que uma partícula pode estar em vários lugares ao mesmo tempo?" perguntou uma aluna.

"Exatamente! De acordo com a interpretação mais conhecida da mecânica quântica, uma partícula pode estar em uma superposição de vários estados, o que implica que ela pode existir em vários lugares simultaneamente. Isso nos leva a explorar a teoria dos universos paralelos".

"Professor, como exatamente a teoria dos universos paralelos funciona?"

"Ótima pergunta, Denis! A teoria dos universos paralelos, também conhecida como interpretação de muitos mundos, sugere que, em cada instante de tempo, todas as possibilidades quânticas são realizadas em universos separados. Em outras palavras, cada vez que uma partícula faz uma escolha quântica entre diferentes estados, o universo se divide em múltiplos ramos, onde cada estado é realizado em um universo diferente.

"Mas isso significa que existem infinitos universos paralelos?" perguntou outro aluno confuso.

"Exatamente! A ideia é que, para cada escolha quântica possível, um novo universo é criado. Isso é uma forma de lidar com a complexidade do mundo quântico e suas múltiplas possibilidades. É uma interpretação que busca explicar como a sobreposição e o colapso da função de onda podem funcionar".

"Então, se entendi bem, essa teoria sugere que há uma infinidade de universos coexistindo, cada um seguindo um caminho diferente de possibilidades?"

"Exatamente, Denis! É uma ideia intrigante, e é importante ressaltar que essa é apenas uma interpretação das complexidades do mundo quântico. Existem outras interpretações também, e a física quântica continua sendo um campo em constante exploração e debate".

A discussão continuou ao longo da aula, com o professor abordando exemplos concretos, experimentos e as implicações filosóficas dessa teoria. Denis e seus colegas saíram da aula com mentes cheias de novas possibilidades e uma sensação de que o mundo quântico era ainda mais misterioso e fascinante do que imaginavam. Eles sabiam que estavam apenas começando a desvendar as profundezas desse universo tão peculiar.

À medida que os anos passaram, Denis mergulhou ainda mais profundamente em seus estudos de física quântica. O fascínio pelo mundo quântico cresceu, e ele decidiu buscar um doutorado para aprofundar seus conhecimentos. Enquanto isso, a vida o levou por caminhos distintos de

Raquel, e o contato entre eles foi gradualmente se perdendo com o tempo. Raquel estava nos Estados Unidos, estudando em Utah, enquanto Denis permanecia focado em suas pesquisas e estudos na UNICAMP.

Um dos tópicos que começou a capturar a atenção de Denis era a astronomia. O lançamento do Telescópio Espacial James Webb foi um marco empolgante em sua jornada acadêmica e científica. Denis acompanhava as notícias diariamente, admirado pelas descobertas e imagens impressionantes que o telescópio estava enviando de volta à Terra.

Um dia, após uma aula, Denis estava no laboratório quando seu amigo Paulo, que estava estudando astronomia, entrou animado.

"E aí, Denis! Você viu as últimas descobertas do James Webb? É incrível como estamos expandindo nossa compreensão do universo".

"Claro que sim, Paulo! Estou acompanhando de perto. É uma época emocionante para a astronomia".

"Com certeza. Sabe, estavam discutindo a possibilidade da existência de outros universos, universos paralelos, devido às observações do telescópio. É algo que me deixa maravilhado".

"Interessante. Isso me faz lembrar da teoria dos universos paralelos na física quântica. É curioso como esses conceitos podem se cruzar em diferentes áreas do conhecimento".

"Exatamente! E não é só isso. Há também a teoria de que a estrutura das galáxias no universo se assemelha à estrutura dos neurônios em nosso cérebro. É quase como se houvesse uma simetria entre o macro e o microcosmo".

"Incrível. A ideia de que há padrões semelhantes em escalas tão diferentes é fascinante. Isso me lembra um pouco da forma como as partículas subatômicas podem se comportar de maneira semelhante, independentemente da escala".

"Exatamente Denis! É como se houvesse um padrão subjacente que perpassa todos os níveis de realidade. Isso nos faz questionar profundamente a natureza da realidade e nossa compreensão dela.

"Com certeza. A ciência tem esse poder de nos levar a questionar e explorar o desconhecido. Às vezes, sinto que estamos apenas arranhando a superfície do que está lá fora para ser descoberto".

"Concordo totalmente. E quem sabe o que mais o futuro nos reserva? Com as tecnologias avançando e as mentes curiosas se unindo, estamos destinados a continuar desvendando os segredos do universo, tanto em sua vastidão quanto em seus níveis mais elementares" disse Paulo.

Denis e Paulo continuaram a discutir as últimas descobertas e teorias, compartilhando a excitação pelo conhecimento e pela exploração do desconhecido. Ambos sabiam que a jornada científica é uma viagem contínua, cheia de surpresas e oportunidades para ampliar os horizontes do entendimento humano.

CAPÍTULO QUATRO

NADA SERÁ COMO ANTES

A mudança climática era um fenômeno global que resultava de uma série de fatores, incluindo a queima de combustíveis fósseis, desmatamento e outros processos industriais que liberam gases de efeito estufa na atmosfera. Esses gases, como o dióxido de carbono (CO_2) e o metano (CH_4), retêm o calor do sol na atmosfera, causando um aumento gradual na temperatura média da Terra, um fenômeno conhecido como aquecimento global.

As queimadas em vários países, como Brasil, Canadá, Estados Unidos, Índia e outros, contribuem significativamente para as emissões de gases de efeito estufa. No Brasil, por exemplo, as queimadas na Amazônia e no Cerrado liberam grandes quantidades de CO_2 e outros poluentes na atmosfera, agravando o efeito estufa. No Canadá e nos Estados Unidos, os incêndios florestais em regiões como British Columbia, Alberta, Califórnia e outras áreas têm se tornado mais frequentes e intensos devido às temperaturas mais altas e à diminuição da umidade, que são consequências diretas das mudanças climáticas.

Por outro lado, as enchentes e secas também são agravadas pela mudança climática. À medida que as temperaturas aumentam, há um aumento na evaporação da água, levando a secas mais severas em algumas regiões. Ao mesmo tempo, as chuvas torrenciais podem ocorrer em intervalos curtos, causando enchentes devastadoras. A Índia, por exemplo, experimenta monções irregulares que podem causar inundações catastróficas em algumas áreas e secas severas em outras.

Essas mudanças climáticas têm um impacto profundo na vida de milhões de pessoas em todo o mundo. Com o aumento das temperaturas, os padrões de cultivo são afetados, levando à redução da produtividade agrícola. Isso pode levar à escassez de alimentos e ao aumento dos preços, resultando em insegurança alimentar em muitas regiões. Além disso, eventos climáticos extremos, como incêndios florestais, enchentes e secas, causam perda de vidas, deslocamento de populações e destruição de infraestrutura.

A imigração devido às mudanças climáticas é um fenômeno real, com algumas pessoas sendo forçadas a deixar suas casas e comunidades devido à deterioração das condições de vida. Esses indivíduos são muitas vezes chamados de "refugiados climáticos" ou "fugitivos do clima". A busca por áreas mais seguras e viáveis para viver pode levar a tensões sociais, econômicas e políticas, especialmente quando as comunidades receptoras não estão preparadas para lidar com um influxo repentino de pessoas.

Para abordar esses problemas, são necessárias ações globais coordenadas para reduzir as emissões de gases de efeito estufa, promover práticas agrícolas sustentáveis, investir em infraestrutura resiliente ao clima e adotar medidas de adaptação. O Acordo de Paris sobre o clima é um exemplo de esforço internacional para lidar com as mudanças climáticas, mas a conscientização e ação contínua em níveis nacional e local também são essenciais para mitigar os impactos adversos das mudanças climáticas e proteger as comunidades vulneráveis.

No simpósio sobre mudanças climáticas realizado na UNICAMP, uma sala ampla estava cheia de alunos vindos de diversos cursos, todos interessados em discutir as questões urgentes relacionadas ao clima e suas implicações para o futuro do planeta. Eram estudantes das mais variadas áreas, desde Ciências Ambientais até Engenharia, passando por Biologia, Economia e outros cursos afins. A diversidade de perspectivas enriquecia a discussão, e o entusiasmo era palpável no ar.

No palco, professores e especialistas no assunto lideravam o debate, fornecendo informações sobre os impactos atuais e futuros das mudanças climáticas. Questões como o aumento das temperaturas globais, a elevação do nível do mar, a ocorrência de eventos climáticos extremos e os efeitos sobre a biodiversidade eram debatidas de maneira profunda e detalhada.

"Boa tarde a todos. Agradeço a presença de vocês neste importante simpósio sobre mudanças climáticas. Vamos começar nossa discussão aberta. Quem gostaria de fazer uma intervenção?" perguntou o professor moderador.

"Olá a todos. Meu nome é Denis. Tenho doutorado em Física Quântica, mas também estou muito interessado em energia sustentável e meio ambiente. Primeiramente, quero agradecer a oportunidade de estarmos aqui discutindo esse assunto crucial. Uma das questões que me preocupa é a relação direta entre o uso de recursos naturais e as emissões de gases de efeito estufa. Temos que abordar isso de maneira prática e eficaz. Como universidade, temos um papel fundamental em impulsionar tecnologias mais sustentáveis para a produção de energia e a agricultura. Gostaria de ouvir a opinião dos professores e colegas sobre como podemos começar a agir nessa frente".

"Excelente ponto, Denis. Concordo plenamente. A academia tem um papel crucial em conduzir pesquisas e desenvolver soluções inovadoras. Precisamos fortalecer as parcerias entre diferentes cursos, como Engenharia, Física e Ciências Ambientais, para criar tecnologias mais limpas e eficientes" disse uma professora.

"Com certeza. Eu estou na Engenharia e acho que podemos trabalhar lado a lado com os estudantes de Ciências Ambientais. Por exemplo, pensar em infraestruturas resilientes ao clima. Se projetarmos edifícios e estradas tendo em mente as mudanças climáticas, podemos reduzir danos e custos no longo prazo".

"Excelente contribuição. Além disso, precisamos considerar incentivos econômicos para promover ações sustentáveis. Alunos de Economia, o que vocês acham" perguntou a professora.

"Concordo totalmente. Precisamos criar mecanismos que incentivem empresas e indivíduos a reduzir suas emissões. Isso pode ser feito através de políticas fiscais, subsídios para tecnologias limpas e outras medidas".

"Ótimas sugestões. É encorajador ver como a colaboração entre diferentes cursos pode gerar ideias poderosas. Denis, como você vê a interação entre essas abordagens?" perguntou o professor moderador.

"Acho incrível ver como cada setor traz perspectivas únicas para essa discussão. Precisamos nos unir para criar um impacto real. Além disso, considerando o que está acontecendo lá fora, com essa chuva intensa e fora de época, fica claro que não podemos perder mais tempo. Eventos climáticos extremos estão acontecendo agora, e não no futuro distante".

"Concordo plenamente. A realidade está batendo à nossa porta. Ações concretas são urgentes. Vamos continuar colaborando e desenvolvendo ideias práticas que possam ser implementadas" disse a professora.

"Além disso, devemos também focar na educação pública. Precisamos aumentar a conscientização sobre as mudanças climáticas e suas consequências para motivar a ação em nível global" disse um aluno do curso de Pedagogia.

"Absolutamente, educação é uma ferramenta poderosa. Acredito que estamos todos alinhados quanto à importância da ação imediata. A tempestade lá fora é um lembrete tangível de como o clima está mudando de maneira imprevisível. Vamos usar essa motivação para criar soluções concretas" disse o professor moderador.

Nessa conversa, os alunos, professores e moderadores do simpósio discutiam de maneira animada e colaborativa as diferentes perspectivas e ideias para combater as mudanças climáticas. A tragédia dos eventos climáticos extremos do lado de fora do local do evento reforçava a urgência da situação e a necessidade de ação imediata. A discussão foi enriquecida pela diversidade de conhecimentos e experiências presentes, com todos concordando que a ação conjunta e prática é essencial para enfrentar esse desafio global.

Enquanto as discussões continuavam fervorosas dentro da sala, lá fora, o tempo estava agindo de maneira incomum.

Uma tempestade feroz se abateu sobre o campus da UNICAMP, com relâmpagos rasgando o céu e trovões ensurdecedores ecoando pelos arredores. A chuva caía com intensidade fora do comum para aquela época do ano, inundando as ruas e transformando as áreas verdes em riachos temporários.

O debate prosseguia com intensidade, mas à medida que a tempestade ganhava força, alguns participantes começaram a notar a água infiltrando-se sob as portas e janelas. Logo, a situação se tornou crítica, e a água começou a invadir as salas de aula. A atenção se dividia entre a discussão acalorada sobre mudanças climáticas e a tentativa de conter a entrada da água.

Surpreendentemente, a emergência do lado de fora acabou por se tornar um exemplo tangível da urgência das mudanças climáticas. Enquanto a tempestade rugia, os alunos presentes no simpósio viram em primeira mão como eventos climáticos extremos podem impactar diretamente as nossas vidas e infraestruturas.

O debate continuou, mas agora com um senso de urgência ainda maior. As ideias para combater as mudanças climáticas se tornaram mais concretas e imediatas. Os participantes perceberam que não podem mais adiar a ação e que soluções inovadoras são necessárias para enfrentar os desafios climáticos que estão à nossa frente. Enquanto isso, lá fora, a chuva implacável persistia, reforçando a mensagem de que a ação é essencial para evitar cenários climáticos cada vez mais extremos.

CAPÍTULO CINCO

REUNIÃO DE MENTES BRILHANTES

Denis era um apaixonado pela natureza desde criança. Crescendo em uma pequena cidade cercada por montanhas e florestas, ele sempre teve um profundo respeito pelo meio ambiente e um desejo ardente de fazer a diferença. Desde cedo, Denis se interessou pela ciência, especialmente pelas áreas que se relacionavam com o meio ambiente e a sustentabilidade.

Depois de concluir seus estudos em Física e vários extracurriculares cursos em Ciências Ambientais na universidade, Denis começou sua carreira trabalhando em diferentes projetos de conservação e pesquisa usando seus conhecimentos em produção de energia sustentável. No entanto, ele sempre sonhou em se envolver em algo maior, algo que pudesse realmente causar um impacto significativo nas questões globais do meio ambiente. Foi então que ele teve a oportunidade de se juntar a um grupo renomado de cientistas que estavam focados no estudo das mudanças climáticas.

Esse grupo de cientistas, composto por especialistas de diversas disciplinas, tinha um objetivo ambicioso: entender profundamente os padrões das mudanças climáticas, suas causas e consequências, e encontrar maneiras de reverter ou se adaptar a esses processos. Denis estava extasiado por fazer parte desse time, e ele sabia que essa era a oportunidade que ele tanto esperava para contribuir de maneira significativa.

A reunião dos cientistas de renome de diferentes partes do Brasil, representava universidades como UNICAMP, USP, UFPR, UFRGS e UFAM. Eles se reuniram para discutir o potencial inexplorado do Brasil em termos de recursos naturais e inovações científicas.

A atmosfera na sala de conferências da UNICAMP estava carregada de expectativa enquanto os cientistas das principais universidades do Brasil se reuniam para a primeira vez. A Dra. Ana Torres, renomada geneticista da USP, observava os rostos ansiosos ao seu redor. Ela havia sonhado com esse momento por anos, mas agora que estava ali, a magnitude da tarefa à frente a deixava inquieta.

Enquanto os cientistas apresentavam suas especialidades e visões para um futuro melhor, ficou evidente que as diferenças em abordagens e personalidades poderiam facilmente criar tensões. O Dr. Rafael, pesquisador da UFPR especializado em energia renovável, e a Dra. Marta, da UFRGS, que focava em conservação marinha, pareciam estar em desacordo sobre como direcionar os esforços do grupo. A sala estava repleta de egos brilhantes, cada um acreditando firmemente que seu campo de estudo era a chave para uma vida melhor.

Enquanto os cientistas se reuniam em uma sala iluminada por luz suave, o clima inicial era de entusiasmo e expectativa. Cada um deles estava prestes a compartilhar suas especialidades e visões sobre um futuro mais sustentável e promissor. O Dr. Rafael, um homem de meia-idade com olhos cheios de paixão, tomou a palavra primeiro.

"Bem, colegas, é inspirador ver tantas mentes brilhantes unidas por um objetivo comum: moldar um futuro em que nossa dependência de fontes de energia não renováveis seja coisa do passado. Minha pesquisa na UFPR tem se concentrado em encontrar maneiras inovadoras de aproveitar a energia renovável, como a solar e eólica, para abastecer nossas necessidades. Acredito firmemente que essa abordagem pode revolucionar nossa sociedade e reduzir drasticamente nossa pegada de carbono" disse o Dr. Rafael.

Os olhos claros da Dra. Marta se estreitaram ligeiramente enquanto ela ouvia atentamente. Quando o Dr. Rafael terminou de falar, ela tomou uma respiração profunda antes de responder.

"Não há dúvida de que as energias renováveis são cruciais para o nosso planeta. No entanto, não podemos ignorar a urgência da conservação marinha. Nossos oceanos estão sofrendo com a poluição e a destruição dos ecossistemas marinhos. A pesquisa que conduzo na UFRGS visa proteger esses ambientes delicados e manter a biodiversidade. Afinal, os oceanos não apenas fornecem recursos essenciais, mas também desempenham um papel crucial na regulação climática global" disse a Dra. Marta.

Dr. Rafael franziu a testa levemente, suas mãos entrelaçadas na frente dele.

"Concordo plenamente com a importância da conservação marinha, Dra. Marta. No entanto, precisamos abordar as questões energéticas urgentes que enfrentamos hoje. As mudanças climáticas estão avançando rapidamente, e a busca por fontes alternativas de energia é essencial para mitigar seus efeitos devastadores" disse o Dr. Rafael.

Dra. Marta inclinou-se para a frente, seus olhos cheios de determinação.

"E como podemos proteger nossos oceanos se não temos um ambiente global saudável? A poluição causada por combustíveis fósseis afeta diretamente nossos ecossistemas marinhos. Devemos encontrar um equilíbrio entre nossos esforços de energia renovável e a preservação dos recursos naturais que sustentam a vida em nosso planeta" disse a Dra. Marta.

A tensão na sala era palpável, os demais cientistas observavam em silêncio, absorvendo cada palavra. O Dr. Rafael e a Dra. Marta permaneceram em pé, enfrentando-se com respeito, mas também com opiniões firmes.

"Acredito que, com cooperação e pesquisa interdisciplinar, podemos encontrar soluções que beneficiem tanto a conservação marinha quanto a transição para energias limpas" disse o Dr. Rafael.

Dra. Marta assentiu lentamente, suas sobrancelhas franzindo menos.

"Você está certo, Dr. Rafael. Nossas especialidades não precisam estar em conflito. Talvez seja chegada a hora de unirmos nossos conhecimentos e forjar um caminho conjunto que aborde os desafios complexos que enfrentamos".

Enquanto o diálogo entre o Dr. Rafael e a Dra. Marta avançava, a tensão inicial começou a ceder espaço para um entendimento mútuo. Era evidente que suas abordagens eram diferentes, mas também ficou claro que havia um terreno comum onde a energia renovável e a conservação marinha poderiam coexistir harmoniosamente. A sala repleta de egos brilhantes testemunhou o começo de um diálogo profundo e colaborativo que moldaria o futuro da pesquisa científica e da sustentabilidade.

Durante um intervalo, a Dra. Ana buscou o silêncio da varanda. Enquanto olhava para o campus da UNICAMP, ela refletia sobre a importância de unir essas mentes brilhantes. Ela sabia que, para superar os desafios futuros, eles teriam que superar suas diferenças e trabalhar juntos.

Ao retornar à sala, a Dra. Ana compartilhou sua própria jornada, suas lutas e os momentos de dúvida que enfrentou ao longo dos anos. Ela ressaltou a importância de olhar além das diferenças e se concentrar na visão compartilhada de um Brasil melhor. Sua história pessoal tocou os corações dos cientistas, criando uma conexão emocional entre eles.

No auge da tensão, a Dra. Ana propôs um exercício criativo. Ela os desafiou a imaginar um Brasil onde seus campos de pesquisa se entrelaçavam, criando soluções interdisciplinares para os desafios do país. No início, houve relutância, mas à medida que compartilhavam ideias, a sala se iluminava com um senso de propósito compartilhado.

Os cientistas comprometeram-se a superar suas diferenças e trabalhar como uma equipe coesa. Enquanto a sala de conferências se esvaziava, a Dra. Ana trocou um olhar significativo com a Dra. Rafaela, percebendo que, por trás das personalidades fortes, havia um desejo comum de criar um impacto positivo.

Os momentos de tensão e desafios pessoais, demonstrava o desenvolvimento dos cientistas individuais e criou uma conexão emocional. A mensagem de esperança e progresso foi plantada enquanto os cientistas começam a entender que a verdadeira mudança requer cooperação e superação de obstáculos.

Ao longo dos anos, Denis e seus colegas trabalharam incansavelmente, analisando dados climáticos, desenvolvendo modelos computacionais avançados e conduzindo experimentos inovadores. Suas pesquisas os levaram a descobrir novos insights sobre os mecanismos por trás das mudanças climáticas e como elas afetam os ecossistemas e as sociedades em todo o mundo.

Denis também estava envolvido em projetos de conscientização pública, participando de palestras, workshops e escrevendo artigos para divulgar os resultados das pesquisas do grupo. Ele sentia que não apenas estava contribuindo para a ciência, mas também estava ajudando a conscientizar as pessoas sobre a importância de agir em relação às mudanças climáticas.

Com o passar do tempo, as descobertas do grupo começaram a ganhar reconhecimento internacional. Suas pesquisas influenciaram políticas governamentais, levaram a iniciativas de conservação mais eficazes e inspiraram ações em direção a uma economia mais sustentável. Denis e seus colegas estavam vendo os resultados tangíveis de seu trabalho árduo e dedicação.

À medida que o grupo continuava a avançar em suas pesquisas e soluções, Denis sentia um senso profundo de realização. Ele percebeu que, ao seguir sua paixão pela ciência e pelo meio ambiente, ele não apenas encontrou um trabalho que amava, mas também estava fazendo a diferença no mundo. Cada avanço, por menor que fosse, representava um passo em direção a um futuro mais sustentável e resiliente para o planeta.

Denis alcançou um ponto em sua carreira em que se sentia verdadeiramente realizado. Ele estava trabalhando em algo que amava, fazendo parte de um grupo de cientistas renomados e contribuindo ativamente para a compreensão e ação em relação às mudanças climáticas. Para ele, essa jornada foi uma combinação perfeita de paixão, propósito e impacto.

Denis estava em seu quarto no complexo residencial e de laboratórios criado pelo CNPq (Conselho Nacional de Desenvolvimento Científico e Tecnológico) para reunir os experts em campos da ciência relativos as mudanças climáticas e transformação do meio ambiente. Ele relembrava a vida em Aurora e suas raízes e escrevia em seu diário.

"Em Aurora, Carkes e Canto Verde, todos estavam envolvidos no comércio, e a indústria surgia, trazendo diferenças em como utilizá-la. Até a adolescência, testemunhei o esforço total de um pai em ajudar o filho. O governo não me foi dado, mas fiquei com algo de muito mais valor para meu futuro na vida. Quero reler a carta que meu pai me escreveu".

"Denis, tudo o que é dito tem o propósito de proporcionar o maior proveito para você. Poderá seguir após ler estas palavras, seguindo a evolução dos antepassados e descobrindo sua própria tendência. Sua história lhe mostrará um tempo cheio de aventuras, mas os princípios revelarão um motivo para tudo. Você existe, não é apenas mais um ser humano nascido para viver e sobreviver.

A missão de existir exige um mínimo. Com sua vontade de vencer no desconhecido, estou certo de poder vê-lo apreciar anos infinitos de existência. Deixei-o pensar bastante até agora. Certamente, você deve ter criado suas dúvidas. Houve momentos em que estive confuso e comecei a desistir, mas exatamente quando precisei, a resposta me ocorreu e não tive mais dúvidas. Não alcancei o ponto mais alto do meu potencial, pois preferi cuidar do meu entorno.

Você se aventurará pelo mundo, pois o crescimento das cidades trará comunicação com civilizações extraordinárias. Respeite cada uma delas, se já não o faz, pois você me observou e observou meus costumes e os trará consigo até o momento da morte. Dessas lembranças certamente obteve um orgulho e uma força de vontade ainda maiores. Eu poderia expressar tudo isso de diferentes maneiras, mas gostaria que você o fizesse no caminho que seguir. Coloque motivos compreensíveis ao alcance de uma base, pois, ao não complicar sua vida, você se tornará um vencedor".

"Não exijo nada, falando apenas da eternidade aos seus pés. Sinta-se pequeno e humilde. Sei que cada minúsculo pensamento o levará ao mundo inteiro, ao universo, se tiver e souber organizar o que nunca existiu em vidas diferentes. Nosso povo foi único, uma complexidade única em sobreviver. Desde os primeiros tempos, tentou-se adotar o propósito maior da salvação de Jesus. Em seu caminho, você receberá as recompensas quando tudo for dito, levando consigo o silêncio de seu trabalho, a vida de momentos a mais. É uma proteção desejada pelos pais; eu colocaria até minha saúde em primeiro plano, pois a vida ainda é curta para este campo. Perdi bastante tempo, assim como nossos antepassados perderam ainda mais. Espero que consiga se definir rapidamente e, com calma, ir aprendendo tanto quanto eu completei. Você perceberá coisas novas; espero ter mostrado a necessidade de se saber primeiro um pouco, para ter a mente no caminho assegurado de complemento. Bases, observações, meios de conseguir motivos, algo mais desconhecido por mim já perto da morte. Fiz de tudo um suficiente para criar um sentido diferente, esquecido pelos maiores homens, esquecidos de reservar o raciocínio, mais importante para o possível aproveito de seus feitos."

Denis costumava escrever em seu jornal, que deveria ser diário, mas muitas vezes acabava se tornando algo semanal ou até mensal.

Ele escreveu: "Li, considerando cada momento com sensibilidade. A história de nossos ancestrais mostra claramente como a mente deles evoluiu, com histórias incomuns que lidavam com aspectos reais, de uma realidade como lições sobre erros a evitar, sobre causas inexistentes que se tornaram os princípios de desperdícios. Comecei a pensar como meu pai, a absorver sua maneira de ser. Ao me mostrar ao mundo, pensei que talvez minha vida já tivesse um destino traçado pelos caminhos a seguir."

"Meu pai afirmou ter superado a barreira mais difícil, ao ter a oportunidade de surgir a partir de uma única ideia brilhante."

"Durante o período de espera, quando as pessoas finalmente decidiam seu futuro, meu pai me contou a história da nossa família até onde ele sabia. Se nossos antepassados ainda estivessem vivos, teriam que começar tudo de novo. O que tenho feito desde então é um processo interior, silencioso e mental."

"Quando os observava, via um povo levando uma vida simples. Não imaginava uma mente ou personalidade avançada neles, e lhes dava pouco valor, já que nunca haviam pensado em alcançar riquezas acessíveis a todos."

Eu também estava nessa situação, contando com a ajuda e experiência de um homem incrível, meu herói principal, Denis escrevia.

"As pessoas naquele lugar não tinham medo de construir impérios, pois tinham a chance de criar os seus próprios. As oportunidades motivavam as pessoas a lutar por uma vida ativa. Algumas deixavam suas famílias, como muitos cientistas, para seguir seus sonhos, embora muitas não voltassem as cidades de origem. Eram ações corajosas, facilitadas pela busca de liberdade."

"A família é algo que te prende, mas também dependemos dela, ou seguimos em frente em busca de desafios. Eu mesmo tive que deixar Aurora e Floresville. A confiança em nosso futuro está ligada à nossa habilidade de nos prepararmos para o que pode vir."

"As diferentes filosofias continuavam a evoluir lentamente. Entre muitos antepassados da minha família, eu era pioneiro no campo da ciência. O que me esperava no futuro era incerto. Parecia que meu lugar estava sendo moldado. Eu me sentia sozinho por não fazer parte de uma comunidade com diálogos e alegrias eficazes. Ao pensar em pessoas parecidas, as enxergava como diferentes de mim, mas nunca me considerava superior, pois todos contribuem para a vida, mesmo antes de adotarem algo na mente."

"A grande diferença entre lugares está em como você os aceita e se envolve o suficiente para participar, com segredos e novidades locais. Quando se vive rodeado por muitas pessoas, há uma tendência a querer pertencer a algo e não seguir sem rumo."

"Embora parecesse vantajoso estar em um lugar que parecia mais atrasado, na verdade, você estava na posição de estar em constante evolução."

"O mundo antigo logo abandonava seus planos. Parecia haver influências invisíveis nesses lugares e seria um grande desperdício sacrificar outra geração ali. Lutar entre os mais poderosos para se tornar um deles, sofrendo mais e talvez obtendo resultados opostos aos planos menores; milhares de pessoas sendo excluídas gradualmente das tentativas. Sem experiências de alto nível, as perspectivas eram limitadas. Por isso decidi encontrar novas realidades como a vida universitária."

"Eu entrei no centro de pesquisa do CNPQ como um visitante, com restrições em minhas ações. Eu me via como um visitante, sem grandes objetivos. No entanto, de alguma forma, eu tinha um papel especial, como se estivesse testemunhando tudo em primeira mão."

"Maior, mais poderoso, com esperanças e desilusões ampliadas. Conhecimentos científicos foram transmitidos para mim por meio de estudos. Eu passava despercebido pelos olhares mais atentos, entrando no meio científico, conhecido por ser o mais avançado e desejado por aqueles que estão começando e por graduados na área."

"Eu cheguei como um estudante do interior, cheio de curiosidade para conhecer cientistas mais experientes e aprender com eles. Sabia que teria que ganhar a confiança deles. Sentia-me pequeno e ciente de que havia muito a aprender e experimentar. Embora não estivesse começando a viver lá, eu tinha uma sensação forte de progresso inegável em minha vida. Encontrava pessoas de diferentes lugares o tempo todo, sentindo como se estivessem me cercando com seus olhares."

"Minha origem era simples e eu me sentia frustrado. A cidade não era um problema, decidi encará-la de maneira especial. Eu sabia que meu papel era importante. As coisas pareciam fora do lugar, mas eu estava certo de que tudo ao meu redor me moldaria. Comecei a contribuir de forma útil com o líder da equipe, usando o que sabia. As amizades viriam depois. Eu admirava as mulheres, mas hesitava em abordá-las. Queria me tornar alguém digno da melhor escolha, já que meu trabalho era especial."

"Com base na história da minha família, sabia que um dia ocuparia um lugar importante no mundo, mesmo que no momento isso não fosse compreensível. A partir das realizações de uma vida, sentia que tinha um propósito maior. O amor e o sexo foram vividos por séculos, e eu não seria excluído. Enquanto isso, via a oportunidade de realizar um trabalho significativo, mesmo que isso implicasse em sacrifícios."

"Essa perspectiva ocupava minha mente e coração, me dando incentivo além das dificuldades e da solidão. Sabia que havia pessoas loucas, inesperadas e derrotadas, mas uma em particular me tirou da solidão: Raquel! Agora eu era um solitário que superava seres mais experientes, deixando todos questionando. Com ela, o caminho adiante parecia mais claro. Não me permitia criticar por não pertencer àquele meio, suprimindo o desejo de julgar desde o começo."

"A primeira impressão a ser transmitida é a de aceitação, e eu me envolvi rapidamente. Parecia me dar melhor com casais, pois eles buscavam razões para construir boas amizades, especialmente quando o pai trabalhava ao meu lado. Eles sabiam como lidar com a sociedade."

"Quem segue o ritmo da sociedade está sujeito a criticá-la e a sentir falta de recompensas e de um esforço pessoal para ajudar a comunidade. Foster e Rosana eram um casal. Foster estava envolvido em defesa do país e tinha conexões com várias instituições importantes. Sendo um imigrante, ele conhecia muitas pessoas na região onde eu estava."

"Lorence era outro amigo meu e estava visitando a casa de Foster no complexo residencial pela primeira vez. Enquanto atravessávamos uma pequena parte da cidade em silêncio, pude observar a mistura de estilos arquitetônicos, pois havia muitos imigrantes na área. Foster tinha uma filha e me senti desconfortável ao encontrar seu noivo, já que ele não me conhecia pelo nome e sua imaginação criava situações embaraçosas. Por coincidência, ao chegarmos à casa, todos estavam presentes, e eu sabia que precisava agradá-los, mesmo que não tivéssemos um relacionamento muito próximo."

"Olá, pessoal, passei por momentos difíceis recentemente, mas espero que nossa amizade tenha motivos positivos para continuar. Alguém tem algo a dizer?" perguntou Foster.

"Todos parecem animados!" disse Rosana.

"Você costuma frequentar algum lugar bom para irmos neste sábado a noite?" perguntou José, o noivo da filha de Foster.

"Sou novo na residência e, por enquanto, não tenho saído muito.

"O que tem feito por aqui Denis?" perguntou Jose.

"Encontros de amigos, nas horas vagas!" disse Denis.

"Você se adaptou ao grupo?" perguntou Rosana.

"Quando entrei no grupo, percebi uma conversa divertida, e nem parecia um grupo de cientistas, mas sempre prefiro uma conversa desafiadora a respeito de ciência o que me ajudou a participar das conversas." Disse Denis.

"Sim, mas cientistas costumam ser muito solitários! "disse Lorence

"Você parece querer ser um verdadeiro amigo, na minha opinião!" disse Foster.

"Obrigado Foster! Espero que todos gostem das minhas ideias!" disse Denis

"Então, para onde vamos hoje à noite?" perguntou Rosana.

"Ainda não decidimos!" disse Karen, a filha de Foster.

Para mim, isso era até melhor. O silêncio prevalecia como motivação entre todos ali. O restante da conversa poderia trazer surpresas.

"Imaginei ser um cientista e encontrei José, uma bela coincidência" disse Karen.

"O que quer dizer Karen?" perguntou Jose.

"Deixe-me falar. Se o amor fosse tratado como um concurso, todos aqueles que o praticam teriam seus votos anulados." disse Karen. Jose, sentindo-se incomodado quis mudar de assunto.

"Você tem uma companheira Denis?

"Sabe, José, estou sozinho agora, sem muito tempo para um relacionamento." disse Denis.

"Percebi em você se dedica muito a este projeto!" disse Foster.

"Sim! Estou entusiasmado com nossas pesquisas!" disse Denis.

"Vamos ficar aqui ou sair para jantar?" perguntou Rosana.

"A proposta da Rosana é excelente.!" disse Foster.

"Que tal um jogo de verdade? Não estamos conseguindo interagir muito só conversando!" perguntou Karen.

"Na maioria dos domingos, descansamos para nos prepararmos para a segunda-feira. Quando estamos na semana de trabalho, sinto-me mais útil. Portanto, descanso ainda, mas e bom sair para relaxar!"

"Então, você pensa como eu, Foster. Eu venho passando por muitos anos, observando como as pessoas agem e me mostrando um pouco diferente ao seguir meus próprios costumes que trago da minha cidade natal Aurora." disse Denis.

"O que você costumava fazer lá?" perguntou Foster.

"Eu costumava andar pela natureza com minha família, ir às fazendas e parques. Era uma vida bem natural!" disse Denis.

"Já estou ficando com fome!" disse Karen.

"Você parecia bem animado ao contar de seu tempo em Aurora Denis!" disse Rosana.

"Só falo sobre coisas quando elas realmente têm um significado profundo para mim. É quando minha imaginação se solta, e eu aprendo a viver no mundo sem me prender a ele." Disse Denis.

"Parece que você teve uma vida bem diferente de nos aqui na capital de São Paulo e outras capitais.

"Sim, mas eu realmente quero passar minha vida neste ambiente de pesquisa e ciência. Estar aqui, conversar e ouvir

todos vocês me fazem sentir parte de um grupo único.!"
Disse Denis.

"Você fala com tanta convicção!" disse Rosana.

"Sim! Eu encontro forças em algo que não sei explicar. Eu
sempre tenho uma esperança de que no futuro vamos
descobrir algo muito importante

"Falar sobre a vida não resolve os problemas, mas as
pesquisas." disse Lorence.

"Eu sigo meu próprio caminho!" disse Jose

"Mas hoje vamos nos divertir!" disse Karen.

"Você é jovem, Denis. É incrível como você lida com toda
a pressão sobre nós no laboratório." Disse Rosana.

"Já faço isso desde os onze, agora tenho vinte e dois"
disse Denis.

"Aos onze?" perguntou Karen

"Começou a fazer ciência com onze anos?" perguntou
Jose.

"Eu ficava sobrecarregado com o que os mais velhos
diziam. Mas comecei a ver as pequenas coisas de um jeito
diferente, o que os outros não entendiam. Agora vejo
melhor, percebo que sou só uma pessoa normal, com falhas,
mas cheia de esperança. Sei que falo muito, mas é assim que
sou, espero que gostem" disse Denis.

"O tempo está mudando!" disse Lorence.

"Vamos para o restaurante então!" disse Foster e
entraram nos carros.

Depois do jantar Denis decidiu andar um pouco até a
moradia universitária que não estava tão longe.

"Despedi-me dos participantes da reunião e fui embora
antes da chuva. Caminhei pela natureza até onde tive
vontade. Nunca alcancei a plena sinceridade, assim como

nunca foi alcançada comigo. A intenção me parece muito interessante. Deixei o restaurante onde estavam o grupo."

"Eu não estava certo se tinha tomado a decisão certa, mas optei por seguir minhas próprias razões. Falei sobre meus sentimentos depois de encontrar um ponto de equilíbrio, após tomar decisões e ser influenciado pelo ambiente ao meu redor. Lidava com desafios diários e aproveitava para observar mais atentamente. Entrei na comunidade científica, onde a pesquisa era predominante."

"Apesar de haver divergências entre os pensadores em suas ocupações, eu falava abertamente. Fui o último a retornar do fim de semana. Os outros cientistas me davam uma perspectiva única. Eu era parte dessa vida, pois descobri maiores prazeres lá."

"Participar da rotina dos comerciantes e industriais não seria o mesmo. Culpar outras pessoas por não conseguir controlar o desejo de se envolver, ou por não saber o que é certo baseado nas aparências, não faz sentido. As diferenças sociais não definem as pessoas apenas por suas ocupações, mas sim quando tentam apreciar as distintas realidades de cada mundo pessoal."

Através de Foster, Denis estava se integrando na comunidade do CNPQ. Conheceu Arlete e Godoi, que eram professores. Muitos pais confiavam a educação de seus filhos a eles. Nerli e Fátima, sendo empresários também, estavam mais conectados com o povo. Cada um tinha gostos próprios, e conheciam o progresso de seus colegas em diversas pesquisas. Com ambições diferentes, viviam situações distintas, que eram um fator significativo das diferenças entre as pessoas."

Apesar de poder viver muitas vidas, a perfeição de uma seria o objetivo. Ao adotar pensamentos universais, Denis poderia primeiro se entender melhor. Mesmo após compartilhar seus valores recentemente, ele persistiu. Suas realizações ao longo do tempo mostrariam esse progresso, com o apoio das pessoas ao seu redor.

Somente lazer não tornaria alguém completo. Isso é algo óbvio. Na comunidade científica, havia cientistas experientes. Os mais experientes entre os novatos, como eu poderia ser, tinham um desejo cobiçado por muitos no mundo exterior. O número de cientistas especializados estava aumentando. Tentar alcançar um alto nível desde o início poderia ser arriscado, pois ser considerado normal seria difícil. As razões para isso seriam guardadas na mente, que precisaria aprender a manter segredos e avançar apesar das incertezas, assim como avançar sem ter certeza de onde chegar na constante evolução das descobertas.

"À medida que avançava, eu ia obtendo as qualificações necessárias. Ofereceram-me o cargo, e com determinação, aceitei. O grupo dos mais experientes precisava trabalhar bem juntos para alcançar os melhores resultados. Eu levava uma vida especial porque acreditava nisso. Todos têm a chance de ter uma vida especial, moldando-a como quiserem. Eu absorvia o conhecimento do mundo. Se algo inesperado surgisse, eu sabia para onde olhar em busca de soluções. Os veteranos tinham dúvidas sobre mim. Tivemos reuniões e eles estavam dispostos a me treinar. Esperava ansiosamente pelas quartas-feiras à noite, um ótimo momento para começar novas semanas e trabalhar em projetos do governo."

"Sendo parte de um grupo de cientistas e pessoas com valores especiais, comecei a desejar ser como eles, enfrentando falhas possíveis, mas sempre buscando o belo, algo que era valorizado em um ambiente onde desejos materiais não importavam."

"Começar a pensar com um propósito maior e integrar-me com os mais experientes trouxe um peso de observações importantes. Se eu tivesse começado a visualizar o futuro mais cedo, discordâncias não teriam importância, pois estava exposto a influências de longa distância. Havia luzes que mostravam um caminho promissor. Havia tempo para isso. Eu mergulhava no ambiente para ter colegas confiáveis e para analisar minhas falhas, unindo o pensamento detalhado e adaptável."

"O lugar era tão bom quanto meus sonhos. Uma mesa grande ocupava a maior parte da sala espaçosa. Os laboratórios onde os veteranos trabalhavam eram uma conquista que eu alcançaria no final. Estávamos explorando uma nova ciência. Priorizávamos o estudo da natureza e dos mistérios, porque não podíamos resolver tudo apenas com máquinas avançadas, sem os materiais para construí-las. A fusão de dois mundos tinha o potencial de criar um ambiente melhor, transformando o nosso mundo em algo maior. Em todos os aspectos, poderíamos ganhar. Como os velhos amigos, nos sentamos juntos."

"Interessante notar que eu estava sendo observado. A influência de outros países estava diminuindo naturalmente, mesmo que ainda tivéssemos nomes estrangeiros. Os imigrantes participavam de projetos valiosos para a comunidade local. No final das contas, cada indivíduo tinha que cuidar do próprio progresso, e nada era proibido, porque era o que fazia sentido. A pressão sobre mim estava diminuindo. Almir, Gurgel, Barner e Piberton eram uma mistura de nacionalidades."

"O país havia se acalmado desde a naturalização desses dois. O governo remunerava os cientistas e esperava recompensas pelas descobertas em troca de seu esforço. Os cientistas defendiam várias teses. O mais controlado entre eles arriscou dizer:

"Sou Piberton. Estamos felizes por tê-lo conosco. Você irá auxiliar em nossas pesquisas e nos inúmeros projetos do governo."

"Sei o quanto temos a fazer e gosto de descobrir junto com cientistas experientes", respondi.

"Fique à vontade, Denis. Nossa intenção nesta reunião é nos conhecermos bem. Usar nossa amizade para evoluir na ciência", disse outro cientista.

"Estou com a intenção de nos conhecermos desde que cheguei aqui" disse Denis.

"Não foi fácil para nenhum de nós chegar aonde estamos. Começamos de formas diferentes, mas hoje estamos aqui para conhecer mais um membro do grupo de maior desenvolvimento."

"Para mim, somos todos velhos amigos, Barner", disse Denis.

"É um belo modo de pensar, Denis, pois assim temos muito a dizer", disse outro cientista.

"Venho de um lugar muito distante. Assim como vocês, cheguei e fiquei. Como Barner disse, estamos aqui como servidores do governo, e isso é um bom incentivo. Sempre teremos muito a fazer, além de nossas próprias pesquisas", compartilhou Denis.

"Você está bem integrado, Denis", comentou outro cientista.

"Tenho uma boa experiência de escola, Gurgel", respondi. Eu me lembrava das vezes em que tive que fazer apresentações diante de amigos.

"Eu, por exemplo, vim de experiências pessoais", disse Almir.

"Como estou aqui para sermos grandes amigos, o que gostariam de saber?" perguntou Denis.

"Temos algumas dúvidas em relação ao seu grau e área de especialização", disse outro cientista.

"Aprimorei-me aqui, tenho boas experiências com substâncias sólidas e líquidas. Conheço todas as ciências descobertas até hoje, principalmente a ciência da vida", compartilhou Denis.

"Isso será muito útil para nós", respondeu outro cientista.

"Aprender um com o outro é muito bom, Barner", disse Denis.

"Como vejo, você cumpre seu papel. Todos nós aqui somos um só. Estudos, pesquisas e experiências do mundo nos ajudam, assim como você, a evoluir para o bem-estar da população", afirmou Gurgel.

"Você pensa assim mesmo, Gurgel?", questionou Denis.

"E você não pensa assim?" perguntou Gurgel.

Denis ficou em silêncio por alguns instantes, refletindo intensamente.

"Como minha profissão me ensina, a partir de sua pergunta, descobri muitas diferenças entre este lugar e minha antiga comunidade em Floresville. Como era de se esperar, surpreendo-me com essas diferenças."

"Uma delas está na forma de pensar!" disse Piberton.

"Refiro-me a mais do que isso. A parte intelectual está presente nas mentes de cada um", explicou Denis. "Tive um pensamento, Piberton, quando Gurgel disse que estamos aqui para o bem-estar da população. Quanto maiores forem os propósitos, menores serão as dúvidas.

É" melhor irmos com calma, Denis. Você está deixando todos confusos", alertou Piberton.

"Eu sei disso, pois o que eles aprenderam foi baseado em ideias básicas ainda em formação. Eles se formaram através de métodos para melhorar as condições físicas" explicou Denis.

"Sem querer ofendê-lo, se você conhece nosso propósito, por que quer mudá-lo e causar grande confusão?" questionou Almir.

"Almir, já tive desacordos e gostei por ser respeitado também. Isso acontece porque não me formei com o propósito de ser envolvido pelos fatos do mundo, mas sim para descobrir segredos sobre mim mesmo. Primeiro, construir a moradia para depois oferecê-la aos outros", explicou Denis.

Denis acreditava que era preciso mudar internamente com princípios de honestidade, caridade e serviço ao próximo além de uma formação acadêmica.

"Deixem Denis se explicar melhor", interveio Piberton.

"Obrigado, Piberton. Meus ensinamentos, da escola e do meu caminho até chegar aqui, provaram que tenho que descobrir novos recursos para a população, incluindo nós mesmos. A evolução não se limita apenas ao conforto, mas também ao conhecimento sobre nós mesmos e sobre o mundo", concluiu Denis.

"Vejo que a vida não se limita à vida urbana ou rural, nem ao desenvolvimento da indústria e do comércio. Abrir os olhos e mostrar um caminho não é suficiente. Precisamos ter um raciocínio que leve à formação de uma evolução. Ao ter princípios claros, o desenvolvimento virá junto com um aproveitamento melhor. No entanto, não paro por aí", compartilhou Denis.

"Isso realmente é a sua vida", disse Foster.

"Foi a vida de muitos ao tentar. Muito já foi dito, e eu pensei muito sobre isso também!", disse Denis.

"Analise bem, Gurgel, e descubra onde nos diferenciamos", disse Piberton.

"Já entendi o modo de pensar de Denis. Ele acredita no desconhecido, deixando o desenvolvimento do que já é conhecido na realidade do mundo pouco conhecido também", explicou Gurgel.

"Eu tento criar um aspecto especial, como um sonho bem provável, uma dúvida quase resolvida, um mistério tão necessário que chega a me levar ao mistério da vida de muitos", compartilhou Denis.

"Há algum excesso em sua vida?" perguntou Roberto.

"Tenho uma vida mais simples. Venho de um passado igual ao de meus antepassados. Vivo humildemente com minhas necessidades supridas. Há pessoas para liderar e serem lideradas. Minha família teve, na maioria, envolvimento com o governo. Somos responsáveis pelo passado de muitos, e eles são responsáveis pelo meu pensamento hoje. Seguimos uma evolução. Outros querem mudar de uma hora para outra sem esforços incomuns em uma única vida", explicou Denis.

"Poderia querer de nós tempo para trabalhar no desconhecido. Nós fazemos isso, por isso somos cientistas".

"Exatamente, Gurgel. Gostei do que disse!" disse Foster.

"Estou ciente de centenas de pessoas que, em casos específicos, passaram séculos fascinados com a beleza do desconhecido e morreram sem poder decifrá-las. Mas como o povo mais sábio de muitas épocas, isso é certo, provando a necessidade de começar algo definitivo. Nossos descendentes puderam se aprofundar ainda mais ou alcançar a perfeição. Esse não é o principal propósito da vida?" perguntou Roberto.

"Como não? Mesmo sem descobrirmos novas fronteiras, dominaremos o nosso próprio mundo!" disse Gurgel.

"Compreendo que você esteja se sentindo confuso, e é exatamente por isso que precisa da ajuda de seus companheiros. Desenvolver os pensamentos a partir das diferentes perspectivas de cada um é essencial. Precisamos criar o nosso próprio mundo, pois ninguém nos valorizará se apenas seguirmos ordens. Temos ideias próprias para construir algo que seja nosso. Estamos começando, e durante essa jornada, será um ponto de encontro para reflexão", compartilhou Denis.

"Está decidido então. Entendi perfeitamente. É natural ver novos cientistas com ideias inovadoras. Precisaremos cumprir as demandas do governo. Teremos uma revolução científica!", afirmou Piberton.

É interessante como você fala, Piberton. Parece um discurso, não é, Almir?" perguntou Gurgel.

"É verdade, gostei de expressar minhas ideias. Agora tenho liberdade para criar" respondeu Almir.

"Perfeito, Almir. Você fez da maneira mais sensata" elogiou Denis. "Amanhã espero ver o que vocês estão trabalhando atualmente. Vou dormir."

"Ao entrar, éramos desconhecidos, mas ao sair, conhecíamos um pouco mais sobre nós mesmos" refletia Denis.

"Com a cabeça baixa, virei-me e fui embora, sentindo calafrios percorrerem meu corpo. Muitas músicas, muitos sonhos, muitas coisas aconteceram até eu chegar aonde queria. O primeiro passo estava dado. Poder experimentar pela primeira vez a sensação de realizar algo pelo qual lutei várias vezes me fazia bem.

"Era como se tivesse o poder da infinitude passando pela tranquilidade de um trabalho inacabado. Segui para o quarto, já imaginando as tarefas do próximo dia. O trabalho, às vezes, me impedia de descansar adequadamente, pois minha mente estava ocupada com pensamentos e planos. Na minha mente, eu reservava a maior parte. Era quase impossível transmitir ao meu companheiro tudo o que eu estava vivenciando. Por fora, eu estava ansioso, e por dentro, sentia resistência contra tudo o que estava por vir em meu caminho."

CAPÍTULO SEIS

COMO NOS TEMPOS DE ATENAS

"Acordei com disposição. Lembrava das duas reuniões e sabia que nelas poderia conhecer novos pontos de vista sobre meu pensamento. Os cientistas tinham personalidades fortes e não aceitavam interferências, pois todos ali possuíam muitos anos de experiência, especialmente em suas mentes. Dizer algo com certeza poderia resultar em várias coisas que eu ainda não havia considerado. Pensei, pois assim eu agiria nos momentos de muitos anos, tentando criticá-los. Dependeria de eu querer tirar conclusões da reunião ou esperar pela convivência. Atualmente, eu me via cercado de falhas e precisava superá-las.

"Ao participar de um simples encontro, percebi que um pensamento dedicado a ele surgia. Descobrir os pensamentos das pessoas era bom. Talvez eu devesse fazer o mesmo. Refletir sobre a sorte."

"Quando você conversa, pensa e explora lugares onde pessoas que tiram conclusões, pensadores e analistas costumam estar, e vê o que sempre quis entender, seu jeito de pensar fica mais profundo. No entanto, isso não resolve completamente as situações ao seu redor. Coisas acontecem de forma inesperada, algumas boas coisas acontecem, e você continua sendo você mesmo. É importante lembrar que é preciso aprender com as coisas e não ficar preso aos erros. Além disso, é bom lembrar de tratar os outros como se eles também fossem afetados pelas coisas que você nota, e reconhecer que o que eles têm a oferecer é valioso."

"Piberton estava me mostrando os corredores. Os outros cientistas estavam ocupados com seus trabalhos. A maioria dos prédios era para os cientistas de verdade. Eu me sentia um novato e isso é normal. A maior parte da vida acontece em situações assim; as pessoas mais velhas já passaram por isso e agora sabem lidar."

"Sobre o futuro, eu não tinha certeza do que ia acontecer, mas achava que estar nessa comunidade era uma grande oportunidade para aprender antes de realmente entrar no mundo. Isso ia acontecer um dia. Para mim, seria o dia de mostrar quem eu sou de verdade e como as influências de ser um membro novo afetam, buscando a simpatia que todos parecem ter uns pelos outros."

"Quando eu passava pelas primeiras portas, eu lembrava de quando sonhava em fazer parte daquele lugar. Com o meu desejo forte de viver da melhor forma dentro daqueles corredores que me levavam ao meu destino, isso parecia um sonho se tornando realidade, porque eu estava vivendo no lugar que queria. Eu sabia muito sobre o que estava acontecendo."

"Grandes homens estavam ao meu redor. Notícias sobre desastres naturais apareciam todos os dias. Eu me sentia importante. Ainda mais importante porque o trabalho estava sempre crescendo, e eu queria observar e aprender. Para mim, nunca parar de aprender era a coisa mais importante."

"Uma música suave em minha mente me guiava durante o dia, me levando por caminhos que estavam conectados, sempre me deixando emocionado e sentindo que estava sempre aprendendo mais. Às vezes, eu exagerava nas coisas que percebia e não agia muito. À medida que as coisas mudavam, eu ficava mais livre mentalmente. A mente tem muito poder, e todos podem usá-lo, o que traz recompensas boas pela busca constante."

Em lugares incríveis e diferentes, as decorações continuavam a deixar tudo bonito para quem chegava lá, afastando pensamentos tristes de um lugar que parecia sem vida. As pessoas ali tinham muitos sonhos de descobertas incríveis que a criatividade poderia trazer.

O lugar era ótimo para crescer e aprender. Durante o dia, todos se apoiavam, e Denis estudava as pesquisas para ajudar. Quando o sol se pôs, Denis saiu do prédio e foi para o lago. Ele estava usando shorts. Correu até lá, onde havia patos e árvores de pinheiro. Ele passou por alguns bancos onde o jardineiro estava sentado.

Enquanto estava lá, Denis percebeu que seus pensamentos pareciam sumir durante essa pequena aventura. Quando ele mergulhou na água, sentiu o frio e começou a pensar em coisas diferentes das ideias idealistas que sempre tinha. Enquanto nadava, ele viu o jardineiro observando-o. Depois de nadar até o centro do lago e voltar, ele olhou para o horizonte e viu a beleza da natureza. Isso o fez perceber que estar perto da natureza o ajudava a ter paz mesmo quando estava estudando e pensando muito.

De repente, ele correu tão rápido quanto pôde, sentindo-se cheio de energia. Mesmo cansado, continuou correndo em busca de algo novo. Ele não estava perseguindo um sonho específico, mas queria a emoção de algo diferente. Isso o fez sentir-se mais presente no momento e mais feliz. Um sorriso apareceu em seu rosto. Ele percebeu que não precisaria fazer essas coisas para se sentir vivo e feliz com seu lugar no universo. Ele pensou em falar com o jardineiro, mas viu que ele já tinha ido embora. Denis pensou que um cientista fazer o mesmo poderia parecer que ele não estava satisfeito com seu trabalho, mas ele admirou como o jardineiro estava feliz com seu trabalho humilde.

Vera, a supervisora do grupo de cientistas focados no estudo das mudanças climáticas, sentiu que era importante criar uma integração mais profunda entre os membros. Ela, sendo psicóloga, via a importância de entender a perspectiva filosófica de cada um para enriquecer a compreensão da natureza humana e das ideias individuais. Assim, ela propôs uma sessão de integração um tanto incomum, sugerindo que cada membro do grupo compartilhasse suas ideias de forma filosófica, como se estivessem em Atenas na Grécia Antiga, discutindo a vida e o papel de cada um no grupo de pesquisa. Todos estavam reunidos na sala de conferência do CNPQ.

"Caros colegas, acredito que estamos embarcando em um empreendimento de grande importância não apenas para a ciência, mas também para a humanidade. E como exploramos os mistérios do mundo natural, também é essencial que exploremos os mistérios de nossa própria natureza humana. Com isso em mente, gostaria de propor uma integração um tanto única para nosso grupo. Imaginem, por um momento, que estamos em Atenas, no auge da filosofia grega, discutindo a essência da vida e o papel de cada um de nós aqui nesta jornada de pesquisa" disse Vera.

"Vera, isso parece intrigante. Você poderia nos explicar mais sobre como isso funcionaria?"

"Certamente, Denis. A ideia é que cada um de nós compartilhe seus pensamentos, não de maneira científica, mas sim filosófica. Quero que exploremos nossas perspectivas sobre a natureza humana, nossas motivações e como enxergamos nosso papel neste grupo e nesta missão. Vamos usar palavras que nos remetam à sabedoria antiga, ao questionamento profundo e à busca pelo entendimento. Quero que, por um breve momento, nos libertemos das amarras dos fatos empíricos e mergulhemos nas profundezas de nossos próprios pensamentos e sentimentos.

"Vera, isso soa como uma oportunidade única para realmente nos conhecermos além das nossas especialidades científicas. Mas como começamos?" perguntou Sophia, uma cientista do grupo.

"Sophia, você está certa. Vamos iniciar com uma pergunta simples, mas de grande significado: Qual é o "eu" que trazemos para este grupo? O que nos motiva a enfrentar os desafios das mudanças climáticas? E como vemos nossa jornada coletiva em termos filosóficos?"

"Então, estamos falando de compartilhar nossa filosofia de vida, nossos valores e crenças, mas de uma maneira mais profunda e eloquente?" perguntou Alexandre, outro membro do grupo de cientistas.

"Exatamente, Alexandre. Quero que encontremos maneiras de expressar nossos pensamentos que vão além das palavras do dia a dia. Que nos conectemos como os antigos filósofos, debatendo ideias sobre a vida, nosso propósito e a interconexão de nossas mentes em prol de um objetivo maior."

"Eu estou intrigado por essa abordagem. Parece que poderia abrir portas para uma compreensão mais profunda entre nós, além das discussões científicas que temos habitualmente.

"Fico contente que estejam abertos a esta experiência Denis. Lembrem-se de que esta é uma oportunidade para refletir e crescer juntos, assim como os filósofos de Atenas fizeram. Cada um de vocês tem uma perspectiva única para oferecer, e acredito que isso fortalecerá nosso vínculo como equipe."

E assim, o grupo embarcou nessa jornada de exploração filosófica, compartilhando ideias e perspectivas profundas sobre a natureza humana, a missão do grupo e o impacto que desejavam ter no mundo das mudanças climáticas. O tempo em que estiveram juntos, dialogando como se estivessem em Atenas, permitiu que se conhecessem de uma maneira única e profunda, fortalecendo os laços que os uniam não apenas como colegas de pesquisa, mas também como seres humanos compartilhando um objetivo comum.

"Piberton, Roberto, Alexandre e Sophia, tenho pensado muito sobre a verdadeira consciência e o papel do governo em nossa sociedade. Acredito que devemos colocar o bem coletivo acima do bem individual, priorizando as necessidades do povo em vez de nossos interesses pessoais." disse Denis.

"Concordo plenamente, Denis. A verdadeira consciência envolve reconhecer que estamos todos interligados e que devemos cuidar uns dos outros." disse Piberton.

"Isso mesmo. O governo deve ser um instrumento para garantir o bem-estar de todos, não apenas de alguns privilegiados." disse Roberto.

"É interessante como essa ideia ressoa com os antigos filósofos gregos. Eles debatiam sobre a virtude e o papel do cidadão na polis, colocando a coletividade acima do indivíduo." disse Alexandre.

"Denis, você mencionou Floresville, certo? Gostaria de saber mais sobre essa história." disse Sophia.

"Claro, Sophia. Em Floresville, os políticos um dia decidiram abdicar de seus salários e passaram a trabalhar e servir a cidade sem receber pagamento. Eles sustentavam-se com as produções agrícolas e o comércio de flores. Essa atitude era uma expressão do ideal de servir o bem comum sem se beneficiar individualmente."

"É uma história fascinante. Eles realmente entenderam a importância de se dedicar ao serviço público genuíno, sem motivações egoístas." disse Piberton.

"Isso mostra como a política pode ser nobre quando colocamos os interesses da comunidade à frente." Afirmou Roberto.

"Essa abordagem se alinha com as ideias de filósofos como Sócrates e Platão, que viam o governo como um dever moral em busca da justiça e do bem-estar de todos." Lembrou Alexandre.

"Essa história de Floresville nos faz questionar o que realmente significa ser um líder. O verdadeiro líder está disposto a sacrificar seus próprios interesses para beneficiar o povo." Disse Sophia.

"Exatamente. E como cidadãos, também temos a responsabilidade de escolher líderes que entendam essa ética e estejam comprometidos em servir ao povo." Afirmou Denis.

"A verdadeira consciência política é cultivada quando reconhecemos que nossa conexão uns com os outros transcende nossos desejos individuais." Disse Piberton.

"É um desafio constante lembrar que nossas ações têm impacto na sociedade como um todo." Disse Roberto.

"A filosofia antiga nos ensina que o bem coletivo é uma busca valiosa, algo que deve estar no cerne de nossas decisões políticas e de vida." Reafirmou Alexandre.

"E assim como na antiga Atenas, nossa busca pela verdadeira consciência política pode moldar o futuro de nossa sociedade." Concluiu Sophia.

"Com certeza. Ao entendermos que estamos todos conectados e ao priorizarmos o bem coletivo, podemos criar uma comunidade mais justa e solidária, onde a liderança é um serviço genuíno e os ideais de Floresville continuam a nos inspirar." Lembrou Denis.

Depois de encerrado os debates Denis caminhavam tranquilamente, e a cada passo em direção aos prédios, um pensamento diferente surgia em sua mente por causa dos debates do dia. Naquele momento, cada um se recolhia aos seus aposentos.

Naquele dia, coisas importantes aconteceram. Gurgel estava se destacando mais, enquanto Denis não tinha um plano exato, mas sentia que algo estava por vir. Ele queria encontrar um propósito. Denis pensava em encontrar um lugar adequado para si, mostrando-se e sendo humilde ao mesmo tempo. Foster conversava com sua esposa sobre Denis.

"Serei eu quem está errado? Parece que Denis usa o que há de melhor em cada pessoa para se sair bem, mostrando um pouco de todos sem fazer muitos comentários", disse Foster.

"Sabe, o silêncio não é realmente algo presente na vida; é algo que precisamos criar. Mas este dia foi ótimo em termos de aproveitamento", comentou sua esposa.

"Eu gostei de Denis. Acho que peguei um pouco da sua filosofia e entrei no jogo dele. Continuo acreditando que podemos aprender vivendo bem. E quanto ao meu jeito de convencer os outros?", perguntou Foster.

"Os pensamentos das pessoas pertencem a elas próprias. Tentar entender o que está mais profundo em alguém poderia causar confusão, a menos que as conheçamos bem. Muitas vezes, as pessoas se interessam por algo em comum, e conversar sobre nossas próprias vidas pode nos mostrar como estamos crescendo a cada momento que estamos vivos. Aproveitar as férias e os momentos de descanso nos faz voltar mais felizes, nos afastando de lugares com menos recursos. Eu estava quase chegando ao banco quando vi Gurgel chegando. Eu estava pensando em começar por cima", refletia Denis.

"Ficar repassando as memórias do dia? Não, acho que é melhor resolver os problemas à medida que eles aparecem em algum lugar. Todos querem viver em harmonia com o mundo. Os momentos mais importantes desde que cheguei foram na reunião. Meu trabalho mostrou que minhas conclusões estão se encaixando bem", ponderou Denis. Começou a conversar com Gurgel.

"Eu queria falar sobre a vida."

"Estou ouvindo."

"Eu acho que já te conheço o suficiente para dizer que não gosto de forçar as conversas."

"Eu estava prestes a começar a falar. É engraçado como a calma pode parecer quase agressiva." Pensou Denis.

"Eu continuo como estava quando cheguei aqui. Parece que você é quem tem algo difícil de dizer. Eu pensei em manter o ritmo da nossa conversa, porque isso faz parecer que estamos nos entendendo melhor", disse Denis.

"Os outros estão ocupados?"

"Não sei. Talvez fosse mais fácil ficar no quarto, mas senti uma brisa gostosa e decidi sair."

"Na reunião, quando você falou e mostrou que tinha algo para ensinar, eu não cheguei a uma conclusão sobre isso. Tente me mostrar. Por exemplo, nós dois viemos de lugares diferentes, prontos para aprender um com o outro. Esperamos obter coisas boas para a vida. Falando sobre os momentos em que nos encontramos, e depois, no final, paramos para pensar sobre como está nossa vida agora."

"O tempo não é um problema para mim. Isso não foi o que me atrapalhou. Você escolheu suas palavras de um jeito específico. Eu entendo o que você faz, mas é importante respeitar o que as pessoas querem manter em segredo."

"Eu também sei disso. Por que eu deveria ligar para o que você diz?"

"Isso é para quem quer ter uma relação mais profunda. Não é preciso falar de forma indireta. É melhor falar diretamente."

"Então, deixa eu te dizer que eu não estou tentando apontar erros meus ou seus. Não estou dizendo que é o que você quer ou o que eu quero. Só estou dando um exemplo. Acho que precisamos recomeçar e eu percebo que preciso aprender a ser mais direto. Se tenho pensado nisso desde que tinha onze anos, já deveria ter aprendido. Mas só comecei a aprender com cientistas recentemente", disse Denis.

"Eu vejo o mundo de uma forma muito diferente da sua, muito diferente mesmo. Cada um de nós deve ter uma história bem diferente. Essa diferença é o que nos faz quem somos. Eu pensei em deixar essa conversa para depois, mas não vejo razão para não continuar."

"Eu entendo o que você está pensando, consigo perceber que você está tentando entender algo sobre mim. Eu sou bom em lembrar das pessoas. Estou pensando sobre o que é importante para você. E seu sorriso meio que me desanima a continuar."

"O que eu quero desenvolver é a maneira como eu penso. Isso faz você acreditar que somos amigos? Talvez você esteja tentando fazer as pessoas enxergarem melhor, mas o mundo já tem muita gente olhando, talvez até demais, e isso pode atrapalhar a verdade. A vida muitas vezes não atende às nossas expectativas em relação ao que temos."

"Eu aprendo com erros e descobertas que muitos não notam, para conseguir coisas úteis. As pessoas não são todas iguais, e isso é algo que eu acho bom. Diferentes pontos de vista ajudam a tornar as coisas melhores."

"Na minha opinião, você sonha muito alto. Para mim, ficar quieto é melhor. Ou talvez mostra que você não tem certeza. Não dá para afirmar algo com certeza se você não tem informações suficientes. Eu venho pensando nisso por um bom tempo. Essa ideia já passou pela minha mente. Às vezes, alguém não vai ligar para o que você diz se você tentar convencê-lo. Isso é um problema que filosofias antigas e sábias enfrentam e das quais você pode aprender."

"É bom estar disposto a conversar, especialmente quando você se acha certo e à frente dos outros. Mas nem sempre é assim na realidade. Vontade é bom, mas você tem que construir o seu próprio caminho." disse Denis.

"Você não me deu a chance de falar. Fale agora. Você acha que não consigo falar no mesmo nível?" disse Gurgel.

Gurgel era muito inteligente, mas tinha uma certa dificuldade de falar com os outros e interagir. Alguns chegavam a pensar que ele tinha algum problema mental.

"Eu me calei e ouvi ele me interromper com pressa. Muitos caminhos estavam bloqueados porque eu não queria. Sem vontade, me sentia sem capacidade."

"Você está certo, Gurgel. Eu notei que você demora para entender as coisas."

"Minha última tentativa me surpreendeu. Ele concordou completamente. Ele mudava de ideia rapidamente. Sendo mais velho, e como eu respeito as diferentes personalidades, tive que ceder porque ele parecia saber mais e não precisava de outras opiniões."

"Teremos mais chances de conversar." Disse Denis.

"Pela primeira vez, eu o entendi. Você sempre seguiu um caminho desafiador. Ficou tão ocupado com isso que esqueceu de suas próprias ideias importantes."

"A conversa foi cheia de imprevisto. Eu estava tentando entender tudo por muito tempo, admirando alguém como ele que já tinha mais tempo no campo de pesquisa, mas eu não sabia lidar muito bem com suas ideias. Ouvi comentários de que ele tinha esquizofrenia e eu pretendia ler mais sobre o assunto."

CAPÍTULO SETE

APRENDENDO

"Meu pai poderia ter escolhido o mesmo caminho que estou seguindo agora. Ele me apoiou muito, mas me direcionou para outra história de vida. Essa história está sendo bem aceita, pois estou criando minha própria história. Sem um caminho diferente, tenho dúvidas que são normais."

"Quando era mais novo, não conseguia decidir detalhadamente qual caminho seguir. Mas também tenho a responsabilidade de fazer a minha parte. Estou seguindo um caminho muito diferente, cheio de descobertas, assim como meu pai."

"Ele me deu vivências importantes e me ajudou a escolher uma profissão. A parte do conhecimento vem de muitas experiências diferentes. Aprendi com ele e minha própria história se forma a cada momento. Se eu tivesse começado em um caminho completamente diferente, teria mais conhecimentos, mas isso não afetaria a vida de ninguém negativamente. Assim como tenho minha perspectiva sobre a vida, cada pessoa tem a sua. Para compartilhar minhas ideias no futuro, tanto para mim quanto para aqueles interessados em minha vida, só será possível através da minha história de vida. E essas pessoas curiosas são, na verdade, bons amigos", pensava Denis.

"Gurgel partiu porque sentiu que era a hora de ir embora. Seus pensamentos eram tão profundos e humildes quanto os de Denis. Eles compartilhavam habilidades que davam uma visão do mundo. Existiam muitos caminhos em que eles não tinham certeza, levando a algo desconhecido para as pessoas, indo além de suas filosofias, com encontros únicos com cada personalidade que adquiriam."

"Eu preciso parar de ver as pessoas apenas como ideias e começar a valorizá-las como indivíduos. Se pensar assim, vou confiar mais nas pessoas ao meu redor. Se Denis estava realmente confuso ou agia dessa forma para proteger suas razões importantes, vou eventualmente descobrir o motivo, ou talvez ele continue agindo assim, o que me deixa pensativo", Denis ponderava em seu quarto.

"Deve haver um motivo. Já descobri qual é, ou seja, uma explicação usada para simplificar razões. Eram dois, sempre serão dois, até um entendimento maior surgir. Falando sobre algo que marca a filosofia do ser, indo direto para as razões anteriores que ajudarão a entender o jeito de pensar."

"Os cientistas parecem ser diferentes personagens que continuam as conversas. Eu procuro isso, eles podem mostrar uma nova vontade de aprender com os erros. Tudo é escrito por mim e deve ser usado na vida de acordo com o meu modo de pensar e resolver problemas. Começar do zero, até mesmo na imaginação, pode causar falta de ocupação, mas também tenho os desafios de melhoria pelos quais passo. Penso e continuo dizendo, tudo é fonte de inspiração, porque tudo contém uma dose de amor, se estivermos dispostos a aceitar assim. Isso se torna o final que recompensa a vida, abraçando a realização para tornar nossa existência mais completa."

"Gurgel vai continuar sua história. Eu enfrento problemas com meus amigos e problemas que são só meus. Se alguém se interessar por mim, assim como muitos se interessam por outros cientistas, eles vão olhar para minha vida e em momentos específicos eu deixei marcas do que penso. Tento convencer o leitor das minhas ideias escritas. Quero passar o problema a eles, um passo adiante. Como eu, eles vão entender as dificuldades que nem sequer pensaram."

"Espero que isso não aconteça, mas como posso falar sobre algo diferente se eles nem mesmo ouvindo já criaram uma barreira em seus pensamentos? As partes que ficaram em branco na reunião também eram relevantes em muitos casos. Preciso preencher essas partes antes que a história continue indefinidamente, sem parar até a morte!"

Denis estava preparado, mesmo assim ficou surpreso por um momento.

"Eu pensava sobre o respeito que tinha por todos. Cada pessoa ali tinha sua maneira de ser e suas ideias para alcançar grandes feitos. Eles se importavam com algo maior quando falavam. Eu estaria confrontando ideias que não desenvolvi, e isso me fazia hesitar. Vou ficar em silêncio, deixando só a voz dos outros soar, ouvindo e aceitando."

"Era uma luta para seguir em frente com o objetivo de aprender, mas também estavam ocupados com assuntos pessoais, pensando em coisas para fazer. Um problema foi apresentado e as mentes começaram a trabalhar. Ao agir indiretamente, as novas ideias eram aceitas mais facilmente. Como todos veriam um ser humano sendo um filósofo, não de outro mundo ou um mito, mas alguém certo em seu caminho, mostrando evidências que fazem sentido? A dificuldade talvez seja superada com silêncio profundo, até que se concretize na vida e se torne uma fonte de sabedoria para todos, sem focar em si mesmo."

"Deixe Denis descansar em paz após a batalha de dúvidas que ele enfrentou. À noite, os pensamentos desapareciam para dar lugar ao descanso. As horas passavam e traziam um novo dia cheio de atividades."

"Nesse dia, vivi o que pensei, porque a vida seria vazia com palavras inúteis. Estava atingindo o ponto mais alto do meu pensamento anterior e sabia que havia muito mais pela frente. O novo dia começou com a mesma alegria das descobertas que estavam surgindo gradualmente. Estava melhorando, inventando e desvendando os segredos da natureza, ou fazendo com que ela mesma ganhasse novos mistérios."

Eu estava trabalhando em meu próprio projeto, enquanto os outros cuidavam da população do país. Estava tentando encontrar um combustível, uma fonte de energia que fosse mais eficiente. Esse pensamento vinha de muitos outros. Estava procurando desenvolver uma nova abordagem, enfrentando as poucas possibilidades que já eram visíveis."

"Novas ideias preenchiam a maioria das minhas descobertas. Eu estava lá para seguir minha inclinação. Mais adiante, o presidente, que estava conectado pessoalmente com o apoio da comunidade ao governo, daria novas ordens a um iniciante como eu. De qualquer forma, meu estudo estaria a serviço da humanidade, já que tudo o que criamos tem uma nova utilidade para as pessoas. A tecnologia poderia ganhar um novo modo de pensar. Eu não estava buscando o comum, estava indo atrás de muito mais. Aproveitei a transição do dia para a noite para visitar Foster em seu trabalho."

"Primeiro, criamos uma história. Depois, valorizamos muito essa história. Mas então a transformamos em um esboço, fazendo mudanças no que acontece na história. Fazemos isso para ter mais certeza de que não perderemos tempo tentando encontrar erros que sabemos que estão lá." Pensava Denis.

Chegou à mesa de informações, vendo os soldados em seus afazeres. Foi anunciado ao gabinete de Foster e entrou em seguida.

"O que veio fazer aqui desta vez?" perguntou Foster.

"Estava por perto e vim visitá-lo" respondeu.

"Ninguém passa por aqui sem motivo."

"Você sempre durão como sempre!" disse Denis.

"Quis testá-lo. Da última vez você ficou confuso e revoltado!"

Denis percebeu isso e agiu naturalmente como ele esperava."

"Estou somente começando aqui no CNPQ!" disse Denis.

"Você está se saindo bem!" disse Foster.

"Em breve começarei a trabalhar para o presidente."

"Como pode? Estou aqui há anos e só consegui chegar à liderança de um grupo de centenas de pessoas. Você sempre consegue se destacar com seu talento." Disse Foster.

Denis começou a perceber a verdadeira personalidade de Foster.

"Ainda sou seu amigo.! Isso não vai mudar nada!" disse Denis.

"Está tudo bem!" disse Foster.

"Isso é um sinal de melhora!"

"Como assim Denis?"

"Você está atingindo o ponto principal que é manter, manter a paz!"

"Sim! Claro! Desculpa se as vezes estou estressado com o trabalho." Disse Foster.

Foster mantinha-se focado no trabalho. Sua mente era sua maior habilidade no momento, enquanto ele se via cercado das pesquisas em seu campo de estudo.

"Não se preocupe, estou brincando. Todos nós, na comunidade, temos momentos assim!

"Está certo, Denis. Obrigado por entender."

"Gostaria de saber sobre nossos outros cientistas."

"Aqui está o endereço.

Ele me entregou um caderno de anotações.

"Tente falar com Godoi. Ele está em uma boa fase na pesquisa dele.

No complexo onde o grupo de cientistas se reuniam para estudar as mudanças climáticas, uma presença de segurança militar era constante. Os níveis de informações trocadas e as descobertas eram considerados altamente confidenciais. O objetivo era evitar a disseminação de informações que pudessem causar tumulto e pânico na população em geral, dada a complexidade e seriedade dos problemas climáticos atuais. Portanto, a necessidade de manter as informações restritas era crucial para permitir que os cientistas trabalhassem com eficácia em busca de soluções.

Dentro desse ambiente altamente controlado, o grupo de cientistas se reunia regularmente para debater as questões climáticas que afligiam o planeta. Especialistas de várias disciplinas científicas estavam presentes, representando uma diversidade de conhecimentos e experiências. A sala de reuniões era um lugar onde o diálogo cruzava as barreiras tradicionais da especialização, pois todos compartilhavam o objetivo comum de enfrentar as mudanças climáticas.

O debate estava em pleno andamento. Cada cientista trouxe sua perspectiva única para a mesa, e o diálogo fervilhava com ideias e abordagens variadas.

Paula, a especialista em oceanografia, começou: "Observamos um aumento constante na acidificação dos oceanos. Isso não só ameaça a vida marinha, mas também tem implicações profundas para o clima global."

Ricardo, que era um climatologista, complementou: "E a temperatura média está subindo, levando a extremos climáticos mais frequentes. Precisamos entender melhor essas mudanças para prever os padrões futuros."

Sophia, a ecologista, acrescentou: "Não podemos esquecer do impacto nas florestas e nos ecossistemas terrestres. A perda de biodiversidade afeta a estabilidade de todo o sistema."

Denis, cujo foco estava na análise de dados climáticos, ponderou: "Temos uma quantidade massiva de informações e modelagens complexas, mas a chave é encontrar maneiras de traduzir esses dados em ações concretas que possam ser implementadas."

Vera, a supervisora, interveio: "Nossa tarefa é unir essas perspectivas em uma abordagem holística. Cada um de nós traz uma peça do quebra-cabeça. Devemos encontrar maneiras de integrar nossos conhecimentos para identificar pontos de intervenção eficazes."

O debate prosseguiu com os cientistas contribuindo com seus conhecimentos, questionamentos e visões únicas. Apesar das diferentes especialidades, havia uma compreensão compartilhada de que a interconexão entre os sistemas naturais e humanos era fundamental para enfrentar as mudanças climáticas.

Com o passar do tempo, as ideias começaram a convergir. Uma abordagem multidisciplinar estava emergindo, destinada a enfrentar as complexidades dos problemas climáticos atuais. A segurança militar no complexo garantia que essas discussões pudessem ocorrer sem o risco de divulgação prematura de informações sensíveis.

O grupo de cientistas estava empenhado em encontrar soluções viáveis que pudessem ser implementadas globalmente. Enquanto debatiam e dialogavam, eles estavam cientes do impacto potencial de suas descobertas, sabendo que suas contribuições eram fundamentais para moldar um futuro mais sustentável e resiliente para o planeta.

Foster era rígido. Os soldados o obedeciam, facilitando seu trabalho. Ele cumpria suas responsabilidades, mas em sua personalidade havia o desejo de se tornar algo maior.

"Eu me afastava cada vez mais da comunidade científica, sentindo-me distante do futuro. Minha casa estava vazia. Deixei para visitá-la em outra oportunidade, voltando imediatamente aos meus estudos."

Arlete e Godoi trabalhavam seis dias por semana em uma escola do CNPQ, destinada aos filhos dos cientistas e funcionários. Eles foram convidados para lecionar vindos do curso de Pedagogia da UNICAMP. Eles reservavam momentos de silêncio para garantir um melhor entendimento durante o ensino. Apesar de muitas tentativas, os alunos não estavam satisfeitos. Eles aprendiam sobre história, origens e princípios, mas os anos passavam e deixavam marcas em diferentes turmas. Mesmo progredindo de ano, os alunos apenas conseguiam absorver caminhos e comportamentos de pessoas famosas do Brasil. O conhecimento sobre o passado mostrava como lutas por ideais eram importantes e influentes. Porém, eles também aprendiam mais do que apenas as histórias grandiosas.

Essas histórias notáveis revelavam as situações difíceis enfrentadas pelos heróis e a gratidão por superar esses desafios. Eram histórias antigas, frequentemente esquecidas, que não tinham relevância para enfrentar os problemas do presente. Eram histórias do passado que precisavam ser aplicadas na prática. A busca pelo melhor, a capacidade de cumprir um destino e a busca pelo progresso humano eram temas recorrentes.

As grandes histórias incluíam batalhas e a formação do ideal benevolente de uma comunidade. A conquista de direitos ocorria por meio da empatia e da razão de cada indivíduo envolvido. Histórias emocionantes e inspiradoras surgiam para ilustrar a negligência enfrentada pelo povo. Essas histórias se adequavam a diferentes épocas e as lutas eram travadas de maneiras renovadas.

Elas traziam fatos que afirmavam a veneração pelos vencedores, servindo como motivação na vida cotidiana, mesmo que isso significasse sacrificar aspectos simples e bonitos. Também eram histórias pessoais que aspiravam a não serem apenas relatos grandiosos, mas a lutar por ideais mais complexos.

Uma história marcante demonstrava a herança da luta constante de imigrantes no Brasil, especialmente dos escravos. Não era necessário se destacar; as oportunidades surgiam no percurso comum. As estratégias mudavam e os líderes eram designados, não escolhidos. Era fundamental valorizá-los, pois somente por meio de convencimento eles poderiam sobreviver.

As conquistas e desilusões são como uma luta. Diferentes fases aparecem, e algumas delas trazem sentimentos de abandono. Às vezes, não percebemos outras intenções e acabamos perdendo uma luta pensando que a vencemos. Algo importante começa quando começamos a pensar nas condições que nos fazem parecidos com aqueles que não tiveram sucesso. Dedicar nossa vida a entender o significado dela é essencial.

Criamos histórias que não existem para mostrar como um destino se desenvolve de acordo com seus propósitos. Às vezes, percebemos a verdade depois de já a conhecer, como se estivéssemos confirmando nossa crença nela. Isso nos ajuda a nos conhecer melhor. É importante ter humildade, controlar nossos pensamentos e ações para não arruinar as oportunidades que aparecem em tempos difíceis. Há lições para aprender nas situações desafiadoras.

Uma história pode gerar muitas outras e não são apenas sobre indivíduos isolados. Elas surgem em determinados momentos e se adaptam às circunstâncias. Às vezes, percebem para onde estão indo e começam com princípios que podem mudar o rumo da história que conhecemos. Mesmo sem buscar influência, arriscamo-nos a viver de formas totalmente novas. Admiramos e depois esquecemos; a vida nos ensina a entender e apreciar os detalhes importantes. Se a eternidade fosse possível, seria útil para propósitos desinteressados, porque o progresso futuro depende da capacidade de persuasão. Grandes histórias mostram seu valor, e é importante apreciar cada parte conforme ela se desenrola, lembrando das pessoas envolvidas e dos personagens que surgem para nos aproximar.

Buscar algo profundamente desejado no subconsciente é conseguir reconhecimento; mas, novamente, isso pode levar a erros que precisamos corrigir. A vida sempre traz desafios, pois nós, seres humanos, precisamos sobreviver e lidar com situações que se desfazem, mostrando o necessário para nosso progresso.

Às vezes, nos perguntamos se seria melhor resumir tudo em um único bloco, uma base compacta que não possa ser desvendada. No fim das contas, tudo precisa ser completo em si mesmo, unindo-se para alcançar nosso propósito. A verdade é construída por todos ou exigida quando precisamos reavaliar nossas ocupações. São oportunidades valiosas, onde nossas falhas podem criar a maior história de todas; uma história que emerge das chances que deixamos escapar, uma história que devemos viver ou perder, assim como as maiores e mais belas histórias, sem detalhes adicionais.

Algumas pausas trazem um estilo próprio, e com o passar do tempo, vemos alguns exemplos de tempos antigos que nos lembram da importância de nossas origens e de continuar buscando sabedoria enquanto vivemos em harmonia. Grandes histórias surgiram de situações desconhecidas.

Mensagens são transmitidas de forma breve e clara, maximizando o valor das palavras escritas. Embora mensagens mais longas possam parecer cansativas, isso nos dá um motivo para refletir sobre a mensagem que queremos receber, cada uma em um estilo único. O grande objetivo é ganhar independência e se aproximar da vida adulta, e Godoi optou por mudar a rotina no final desta aula.

"Está tudo bem!", disse ele, caminhando entre as fileiras de mesas e observando cada estudante.

"Vocês devem focar nas coisas que realmente importam. Estou aqui para ajudá-los a se tornarem independentes, mas vocês não estão aproveitando isso ao máximo. O que ensino não deve ser usado apenas para competir na vida, mas de uma maneira mais valiosa."

"Todos nós passamos por diferentes fases na vida, e quando falo sobre experiência, é porque já vivi mais fases do que vocês. Se um aluno se desenvolve mais rapidamente, avança para a próxima fase. Se alguém descobre algo e o aprimora, é possível que nós ainda não tenhamos feito isso, o que nos torna menos informados. "

"A fase mais importante é quando vocês estão construindo suas próprias vidas. Ser um adulto não é apenas desfrutar do mundo adulto, mas criar seu próprio mundo. Vocês podem aprender rapidamente e passar em exames, mas o verdadeiro crescimento pode ser prejudicado. Desenvolvam um pensamento que leve em conta as condições do lugar onde estão; essa é a abordagem ideal. Vocês podem aplicar isso em todas as fases, tendo a liberdade para expressar insatisfação ou satisfação. Cresçam antes mesmo de alcançarem a idade esperada. A partir de agora, espero vê-los nas próximas aulas prontos para responder às perguntas."

Os alunos saíram animados e um pouco confusos, pois ainda não haviam decidido o que fazer. O tempo estava se esgotando para salvar o ano, mas aquele dia serviu para despertar um desejo em todos eles. Durante a noite, eles pensaram sobre qual caminho seguir, de acordo com seus próprios pensamentos. Aqueles com ideias menos importantes perceberam que era hora de mudar.

Na próxima aula, Godoi fez perguntas sem esperar respostas muito detalhadas.

"José, o que você quer ser quando crescer?"

"Quero ser um explorador, assim como meu pai."

"Hmm... Um explorador em qual área?"

"Em todas", responderam os alunos rindo.

"Parece que não estão muito convencidos sobre a escolha do José. Alguém tem uma ideia melhor?"

Lá do fundo da sala, o aluno mais alto, que parecia ter algo definido em sua mente, disse: "Eu quero ser um industrial."

"Muito bem, Argeu! Você vai trabalhar em uma indústria e encontrar maneiras novas de fazer as coisas", explicou o professor de forma um pouco confusa.

"Estou bem com isso, professor", respondeu o rapaz.

"Vamos evitar tirar conclusões apressadas, tudo bem?"

Ninguém respondeu.

"Existe alguém aqui que pensa em uma profissão que não precisa de criatividade?"

"Eu, professor!", disse outro aluno.

"Qual é a profissão que você pretende seguir?"

"Ser um... professor..."

Quando Godoi parou de falar, todos os alunos riram, mas logo ficaram quietos.

"Vou pegar essa ideia de vocês. Agora me digam, acham que não precisamos de criatividade para lidar com a diferença de cada aluno?"

"Precisa sim!", disse José.

"Isso é um bom começo. Se preferem encarar tudo como preparação para o futuro, é um bom começo para aceitar mudanças. Alguém tem preferência por algum assunto?"

"Ciências, professor."

"Então vamos falar sobre ciências, sem usar livros ou cadernos. Será a minha opinião. Ciência é uma forma de entender o universo. As ciências biológicas estudam a vida em sociedade e tudo que podemos usar. Existem muitas carreiras e utilidades. Da vida, obtemos a razão para progredir. Através do progresso, exploramos o desconhecido. Sempre é bom aprender o máximo possível sobre o nosso mundo, a natureza e as diferenças. Ter um objetivo em mente, voltando à importância de estudar em vez de gastar tempo reclamando."

"Vamos aprender com a história que conhecemos, usando-a como exemplo. Podemos criar vidas quase perfeitas, evitando erros do passado. Se fizerem isso, terão um objetivo claro e estudarão com propósito. Serão merecedores do conhecimento do mundo, ao mesmo tempo em que constroem suas vidas."

Godoi usou o que sabia e sua experiência para simplificar a vida. Ele sentiu que deveria se aventurar em projetos maiores, mas decidiu se contentar com sua própria realidade, que ainda estava cheia de tarefas a cumprir. Denis era o protagonista, envolvendo-se em causas importantes, mas sua história passada se repetia constantemente, sem conseguir se completar de forma alguma. Pessoas menos renomadas serviam principalmente para mostrar a falta de vontade de fazer algo, seja pequeno no momento ou com planos modestos. Mudar de acordo com o mundo era um primeiro passo, mas os alunos sofreriam se não se preparassem para o futuro.

CAPÍTULO OITO

A BASE É FUNDAMENTAL

Vera convocou uma reunião especial do grupo de cientistas após um período de integração. Eles se reuniram em uma sala iluminada pelo suave brilho da tarde, cada um carregando consigo o conhecimento compartilhado e as experiências profundas das discussões filosóficas. Vera tinha a intenção de compartilhar suas observações sobre a integração e destacar o que ela acreditava ser a base para alcançar resultados positivos como equipe.

Vera: (com um sorriso caloroso) "Caros colegas, durante este período de integração, tive a oportunidade de observar cada um de vocês de perto. Vi o comprometimento, a paixão e a curiosidade que cada um trouxe para nossas discussões filosóficas. Fiquei impressionada com a forma como todos se abriram para compartilhar seus pensamentos mais profundos e como respeitaram as perspectivas uns dos outros."

Ricardo: (assentindo) "Foi uma experiência única, Vera. Acho que nunca estive em um ambiente tão aberto e acolhedor antes."

Vera: "Fico feliz em ouvir isso, Ricardo. E o que mais me chamou a atenção foi como a sinceridade e a honestidade foram os fios condutores dessas discussões. Cada um de vocês foi capaz de se expressar autenticamente e ouvir os outros sem julgamento. Isso é crucial para formar uma base sólida de confiança e colaboração."

"Concordo totalmente. Parece que, ao deixarmos nossas especialidades de lado por um momento, conseguimos nos conectar como seres humanos em busca de um objetivo comum." Disse Sophia.

"E acredito que esse objetivo comum está enraizado em nossos valores humanos fundamentais. Durante nossas discussões, ficou claro para mim que estamos aqui não apenas como cientistas, mas como seres humanos com um propósito maior." Disse Denis.

"Exatamente, Denis. Estamos aqui porque acreditamos em servir com um ideal maior em mente: ajudar a população em um momento crucial. A colaboração e o serviço ao próximo são o que nos guiarão ao longo dessa jornada. Estamos enfrentando desafios monumentais, mas, ao nos unirmos, podemos enfrentá-los com resiliência e compaixão." Disse Vera.

"Vera, você mencionou os desafios, e parece que as catástrofes naturais não param de acontecer. Como podemos realmente fazer a diferença em meio a tudo isso?"

"Paula, é verdade que estamos diante de desafios sem precedentes. No entanto, o fato de estarmos aqui, unidos por um propósito comum, já é um passo importante. Nossos conhecimentos, nossas abordagens únicas e nossos valores humanos são nossa força. Cada solução que buscarmos, cada descoberta que fizermos, pode impactar vidas de maneira significativa." Disse Vera.

"Agora vou passar o vídeo das últimas notícias do Brasil e do mundo para vocês lembrarem a situação caótica em que o mundo se encontra."

Vera preocupada com as consequências do aquecimento global, decidiu compartilhar um vídeo que mostrava diversas catástrofes naturais ocorrendo ao redor do mundo. O vídeo era uma compilação impactante de eventos como furacões devastadores, inundações avassaladoras, incêndios florestais destrutivos e secas prolongadas. Cada caso específico demonstrava os efeitos dramáticos que esses desastres naturais estavam tendo sobre as populações locais.

Um dos exemplos que Vera apresentou foi um país da América Central que havia sofrido uma série de furacões intensos. As enchentes resultantes arrastaram casas e plantações, causando uma grave falta de alimentos para a população. Muitas pessoas ficaram desabrigadas e sem recursos básicos para sobreviver. Comunidades inteiras foram afetadas, e a luta para encontrar abrigo e comida se tornou uma realidade diária.

Outro caso mencionado no vídeo foi um país insular no Oceano Pacífico. Devido à elevação do nível do mar decorrente do aquecimento global, várias ilhas estavam sendo gradualmente engolidas pelo oceano. Isso resultou em mortes trágicas por afogamento à medida que as pessoas eram forçadas a deixar suas casas e fugir para terrenos mais altos. Muitos habitantes viram suas vidas devastadas e tiveram que abandonar suas terras ancestrais em busca de segurança.

Além disso, o vídeo destacou um cenário de incêndios florestais na Austrália, onde o aumento das temperaturas e a diminuição das chuvas criaram condições ideais para a propagação rápida do fogo. As chamas destruíram vastas áreas de floresta, ameaçando comunidades locais e causando uma enorme perda de biodiversidade. A população sofreu com a qualidade do ar prejudicada e teve que lidar com o desafio de reconstruir suas vidas após a destruição.

O vídeo também mencionou a crescente tendência de imigração de pessoas que eram forçadas a deixar seus países devido às mudanças climáticas. Esses imigrantes climáticos, como eram chamados, procuravam refúgio em nações vizinhas ou mais estáveis. No entanto, isso muitas vezes resultava em tensões e conflitos à medida que os recursos se tornavam escassos e as populações locais lutavam para lidar com o influxo repentino de pessoas.

Vera esperava que compartilhando esses exemplos reais e impactantes, as pessoas pudessem compreender melhor a urgência das questões relacionadas ao aquecimento global e a necessidade de ação imediata para evitar futuras catástrofes.

"Então, podemos dizer que a base para enfrentar os problemas climáticos está enraizada em nossa humanidade e na colaboração que construímos aqui."

"Exatamente, Ricardo. Quando trabalhamos juntos, apoiados em nossos valores humanos, criamos uma rede de apoio mútuo que nos sustentará, mesmo diante das adversidades. Podemos enfrentar essas catástrofes naturais com compaixão, solidariedade e ação assertiva." Disse Vera.

"Vera, agradeço por nos reunir dessa maneira. Sinto que agora temos uma compreensão mais profunda uns dos outros e que estamos prontos para seguir em frente como uma equipe unida."

"Estou emocionada com o comprometimento de cada um de vocês Sophia. Juntos, somos mais fortes e capazes de enfrentar o que está por vir. Com base em nossos valores humanos e nossa colaboração, podemos construir um caminho para soluções sustentáveis e, com o tempo, ajudar a transformar a trajetória das mudanças climáticas."

O grupo de cientistas saiu da reunião inspirado e renovado, com uma compreensão mais profunda de sua humanidade compartilhada e do poder da colaboração. Com valores sólidos e um senso de propósito, eles enfrentariam os desafios climáticos com coragem e determinação, prontos para fazer a diferença no mundo.

Na comunidade científica, Denis estava lendo os primeiros resultados da nova descoberta feita pela equipe. O presidente e seus agentes os visitariam no sábado. Com o amanhecer, teriam o primeiro encontro com o presidente atual do Brasil.

Para ganhar experiência, começa-se aceitando momentos difíceis como desafios inoportunos. Eventualmente, a sorte aparece e percebemos que somos parte fundamental das interações naturais do mundo.

Denis parecia ter problemas em pensar, não entendendo o significado do silêncio distante. Ele seguia aprendendo novas coisas, construindo sobre o que já sabia, estendendo sua jornada. Para pessoas que pensam sobre suas vidas, as próximas descobertas são construídas sobre esses fundamentos.

No sábado, não haveria uma festa ou descanso. Seriam dadas novas instruções e incentivos aos cientistas. Todos aceitam falhas, exposições e até exageros, porque esses erros vêm de expectativas que não foram bem consideradas ao planejar um caminho maior que acaba por prejudicá-lo.

Às vezes, confiamos em alguém porque essa pessoa nos ajuda em nossa jornada. Não devemos esquecer os eventos que confirmam nossos pontos de vista positivos sobre esses amigos. Continuamos a crescer e nos desenvolver para sobreviver, enquanto eles nos mostram que a vida depende de nosso esforço e empenho pessoal, não de buscar a perfeição ou confiar completamente em amigos para determinar nosso futuro.

As gerações passam, levando consigo uma história que ainda se desenrola no presente.

"Sentia-me parte de algo grandioso, querendo salvar o mundo de problemas. Meu objetivo era parecido com isso. Queria viver em um mundo onde todos apreciassem o que é bom para todos. Cada pessoa deve cuidar de si mesma. Quando vemos um futuro devido ao sucesso em uma batalha, damos significado às nossas vidas, permitindo nossa imaginação fluir. No entanto, há muito a melhorar ao nosso redor, tentando resolver problemas no presente, mas as diferenças nos impedem de mudar nossas próprias vidas." Pensava Denis.

Grandes realizações continuam e, em pequenas ações, vidas inteiras impactam o mundo. Começar ou não, alguém saberá moldar a própria vida sem buscar constantemente uma direção. A razão para lutar tanto é perceber o que acontece com todos que cruzam nosso caminho, e ajustar nossas vidas em conformidade.

Tentar consertar o mundo é um sonho, mas o resultado é incerto. Não sabemos se todos melhorarão em relação ao presente. Pensar assim poderia deixar alguém louco. Cada vida tem o propósito de encontrar seu próprio caminho e oferecer ocupações para muitas outras vidas. Dentro dessa dinâmica, elas serão ensinadas a seguir as regras estabelecidas pelo líder.

"Eu vejo histórias supermodernas, as analiso e me pergunto por que seus destinos são tão cruéis. Se tantas lutas levam a esses problemas como resultado, o presente continuaria parecido com o que é agora para mim. Foi difícil contar essa história, foi o fim de mais um sonho, algo que vidas não podem conhecer na mesma parte do mundo e no mesmo espaço onde todos estamos aprendendo juntos." Pensava Denis.

"Cada diferença traz preocupações. Ao analisar tudo isso, o que menos é aceitável é alguém que tenta mudar a vida dos outros sem cuidar da própria, criticando diretamente pessoas com problemas. Começam oferecendo ajuda, mas acabam desapontando porque perdem o foco em suas próprias observações importantes."

"Tentando resumir a vida para não perder tempo e paciência na dúvida, eu diria, de maneira simples e única: a vida é uma luta constante para melhorar. Melhorar a própria vida, o ambiente e o modo de pensar. Aprimorar condições, habilidades e, no final, um dia partir, deixando algo significativo."

"Falando assim, não mencionamos todas as coisas que acontecem nesse espaço. Não falamos sobre o sofrimento, a tristeza e a falta de momentos bons que cercam a falta de vontade de se esforçar para alcançar um grande propósito, buscando apenas a chance de ter uma vida boa, almejando ser alguém importante. Quando grandes dificuldades aparecem, algumas pessoas podem achar que a luta não vale a pena no presente, e é aí que surgem as mentes mais surpreendentes. No entanto, não basta apenas pensar para melhorar; é necessário estar preparado com raciocínio, determinação e sabedoria para abraçar uma posição melhor. As razões para aprender ou aceitar o que somos dependem da nossa perspectiva sobre o motivo de estarmos aqui."

"Peço desculpas para aqueles que me questionam sobre a vantagem de lutar por grandes conquistas e superar desafios no mundo. A realidade que vivencio mostra uma vida muito diferente, que parece não trazer muitas recompensas. Vendo as coisas dessa maneira, pode parecer que estou menosprezando aqueles que estão em posições menos privilegiadas na sociedade. No entanto, a necessidade de sempre buscar o topo impulsiona o aprimoramento do nosso mundo mental." Refletiu Denis.

"Fazer com que cada pessoa alcance uma vida ideal é resultado de diferenças importantes. Quando exploramos essas diferenças, descobrimos segredos por trás de coisas simples, até mesmo aquelas que pensamos já conhecer.

A complexidade disso é algo pessoal, mas o simples desejo de entender é suficiente, especialmente ao observar nosso próprio progresso. Nesse lugar onde se misturam nomes, tradições, hábitos e muito mais, tudo se torna fora do comum, despertando um interesse especial na população.

CAPÍTULO NOVE

CONEXÕES GLOBAIS

À medida que os cientistas avançavam em suas pesquisas e descobertas, eles compartilhavam suas experiências com cientistas de outras partes do mundo. Isso leva a colaborações internacionais e troca de conhecimentos, mostrando como o Brasil pode desempenhar um papel significativo na comunidade global.

A equipe de cientistas estava empenhada em compartilhar suas descobertas com o mundo e buscar colaborações internacionais para ampliar seu impacto. Eles organizaram um congresso científico internacional na cidade do Rio de Janeiro, reunindo especialistas de várias partes do mundo. Enquanto a cidade pulsa de excitação e diversidade, os cientistas compartilham suas pesquisas e visões para um futuro melhor.

No entanto, os desafios começam a surgir à medida que diferentes perspectivas e culturas colidem. A Dra. Marta, apaixonada pela conservação marinha, encontra resistência de alguns cientistas que têm abordagens mais comerciais. O Dr. Rafael se vê debatendo fervorosamente sobre as melhores maneiras de implementar tecnologias limpas em uma economia ainda predominantemente baseada em combustíveis fósseis.

No meio das tensões, a Dra. Ana foi convidada a dar um discurso inspirador sobre a importância da colaboração global. Ela compartilha histórias dos desafios superados por sua equipe e a transformação que cada um experimentou ao longo da jornada. Sua fala tocou os corações dos presentes, lembrando-os de que a verdadeira mudança requer cooperação e compreensão.

Além dos debates científicos, os cientistas tiveram a oportunidade de conhecer as belezas e desafios do Rio de Janeiro. Eles exploraram favelas em transformação, onde projetos comunitários estão promovendo mudanças positivas, e testemunham a vitalidade das praias e a rica cultura carioca. Essas experiências os inspiraram a buscar soluções que beneficiem todas as camadas da sociedade.

A Dra. Mariana encontrou um parceiro inesperado em um Jovem estudante de ciências de um país distante. Suas perspectivas diferentes se fundiram em uma colaboração que visa utilizar a tecnologia para rastrear o impacto das mudanças climáticas nas regiões mais remotas do planeta. Essa conexão transcendia as barreiras culturais e ressaltava como a ciência pode unir as pessoas.

A colaboração entre cientistas internacionais desempenhava um papel fundamental na busca por soluções para desafios globais, como os problemas climáticos. No Brasil, o governo reconhecia a importância dessa colaboração e buscava ativamente a expertise de cientistas renomados de diferentes países.

O governo brasileiro, ciente da necessidade de abordar as questões climáticas de maneira abrangente e eficaz, decidiu convidar cientistas de renome internacional para se juntarem ao esforço de pesquisa. Dentre os países escolhidos estava os Estados Unidos, conhecido por sua vanguarda em pesquisa científica e tecnológica.

Nesse contexto, Raquel emergiu como uma figura proeminente. Tendo completado sua graduação, mestrado e doutorado na Universidade Brigham Young, uma instituição conhecida por sua excelência nas Ciências da Computação, ela havia acumulado um conhecimento sólido e uma perspectiva valiosa sobre como abordar desafios complexos e usar inteligência artificial para simular possíveis prognósticos para os efeitos globais da mudança climática que estava acontecendo.

Através de sua dedicação e trabalho árduo, Raquel conquistou seu lugar no grupo de cientistas que estava sendo reunido para colaborar com o Instituto Nacional de Pesquisas Espaciais (CNPQ) do Brasil. O CNPQ, reconhecido por seu papel de destaque na pesquisa relacionada ao clima, estava liderando os esforços locais para entender e combater as mudanças climáticas.

Raquel, agora parte integrante desse grupo, representava não apenas sua experiência pessoal, mas também a promessa de uma colaboração frutífera e uma perspectiva internacional diversificada. Sua expertise em Ciências da Computação trazia uma abordagem inovadora para a análise de dados climáticos e modelagem, permitindo que o grupo explorasse novas maneiras de abordar as complexas interações ambientais.

A contribuição dos cientistas internacionais, como Raquel, ilustrava a importância de transcender fronteiras geográficas e disciplinares para enfrentar desafios de escala global. O governo brasileiro, ao abrir suas portas para esses cientistas de renome, demonstrava seu compromisso em encontrar soluções conjuntas para os problemas climáticos que afetavam todo o planeta.

Denis estava ansioso e empolgado quando recebeu o convite para pegar o grupo de cientistas no Aeroporto de São Paulo, em Guarulhos. Era uma oportunidade emocionante para reencontrar Raquel, uma amiga querida com quem ele havia compartilhado tantas experiências acadêmicas no passado. A expectativa de vê-la novamente o deixava radiante.

Enquanto esperava no aeroporto, sua mente revivia memórias de conversas profundas e momentos de risadas compartilhados com Raquel durante seus anos de estudo. Seu coração batia mais rápido à medida que imaginava como seria vê-la novamente, após tanto tempo.

Finalmente, o momento chegou. Ele avistou ao longe uma figura familiar com cabelos longos balançando suavemente ao vento. Raquel estava ali, trajando um sorriso adorável, que iluminou sua face assim que ela o viu. Denis não podia conter sua alegria. Ele avançou em direção a ela e, quando estavam perto o suficiente, a abraçou forte.

No entanto, à medida que eles se afastaram ligeiramente para se olharem nos olhos, Denis notou a presença de outro homem ao lado de Raquel. Seu nome era John, e ele também era um cientista no grupo. A expressão de Denis mudou sutilmente, uma mistura de surpresa e desapontamento. Ele não havia esperado encontrar um novo elemento na dinâmica que ele estava tão ansioso para reviver.

Denis ficou sem jeito e, por um momento, as palavras pareciam fugir dele. Ele lutou para encontrar algo apropriado para dizer, mas a situação o pegara desprevenido. Raquel, percebendo a tensão no ar, tomou a iniciativa:

"Denis! Que surpresa maravilhosa! Como você está?" perguntou Raquel.

"Raquel, estou ótimo! Fico tão feliz em vê-la novamente." Disse tentando disfarçar sua surpresa.

"Denis, este é John, meu namorado. John, este é Denis, um amigo muito querido que conheci durante meus estudos."

"É um prazer conhecê-lo, Denis. Raquel me falou muito sobre você." Disse John com seu português americanizado.

Denis apertou a mão de John com um sorriso forçado, tentando esconder a decepção que sentia por dentro.

"O prazer é meu, John. Bem-vindo ao Brasil."

Enquanto eles trocavam algumas palavras amigáveis, Denis lutava internamente para processar a revelação e ajustar suas expectativas. A presença de John adicionava uma camada de complexidade à situação, mas ele estava determinado a ser educado e amigável.

Ao longo dos dias seguintes, os três cientistas compartilhariam experiências, discutiriam suas pesquisas e, talvez, encontrar um novo equilíbrio em sua amizade e colaboração. A vida tinha suas reviravoltas, e Denis estava determinado a enfrentá-las com maturidade e compreensão.

Apesar das divergências, os cientistas saem do congresso com um senso renovado de unidade. Eles perceberam que, ao se conectar com outros pensadores globais, podiam criar uma rede de mentes brilhantes dedicadas a uma vida melhor para todos. As conexões emocionais que eles forjaram ao longo do tempo fortalecia sua determinação de superar obstáculos e criar um impacto duradouro.

Enquanto o grupo de cientistas trabalhava junto no Instituto Nacional de Pesquisas Espaciais (CNPQ), Raquel frequentemente encontrava-se próxima a Denis durante os intervalos das pesquisas e discussões. Enquanto isso, John estava focado em suas próprias pesquisas, investigando os efeitos das mudanças climáticas na reprodução agrícola e nos ecossistemas locais, frequentemente em campo, nas fazendas ao redor.

Raquel e Denis retomaram sua amizade e colaboração como se o tempo não tivesse passado. Suas conversas eram repletas de entusiasmo pela pesquisa que estavam conduzindo e pelas possibilidades que se desdobravam diante deles. Em uma tarde, enquanto observavam os resultados preliminares de suas análises, Raquel decidiu compartilhar uma ideia que estava fermentando em sua mente.

"Denis, tenho pensado em algo que acredito que poderia realmente fazer a diferença na abordagem das mudanças climáticas aqui no Brasil. Chamei de Ecosoft."

"Ecosoft? Parece interessante. O que é?"

"Ecosoft seria um software específico para a situação agrícola do Brasil, levando em consideração nossas peculiaridades. Ele seria capaz de analisar dados de produção agrícola, emissões de gases de efeito estufa e outros fatores ambientais. O programa identificaria os principais problemas de produção excessiva de dióxido de carbono e apresentaria soluções específicas."

"Uau, isso é realmente inovador, Raquel. Um software que pode mapear as emissões de CO2 e sugerir soluções para a realidade brasileira pode ter um impacto enorme."

"Exatamente. Eu acredito que, com o Ecosoft, poderíamos auxiliar os agricultores a adotar práticas mais sustentáveis, reduzir as emissões e otimizar a produção. Além disso, o programa também poderia apresentar relatórios detalhados para o governo, permitindo que eles tomem decisões mais informadas."

"Isso é incrível, Raquel. O potencial de impacto é imenso. Você imagina se conseguíssemos apresentar essa ideia ao governo brasileiro? Poderia ser uma ferramenta poderosa para orientar políticas mais eficazes no combate às mudanças climáticas."

"Exatamente, Denis. E é por isso que eu queria compartilhar essa ideia com você em primeiro lugar. Acredito que com nossa expertise combinada e sua experiência em desenvolvimento de software e e análise de dados, poderíamos transformar essa ideia em realidade."

"Raquel, estou totalmente a bordo. Vamos trabalhar nisso juntos e apresentar ao governo. Isso pode ser um divisor de águas na nossa luta contra as mudanças climáticas." Disse Denis entusiasmado.

A colaboração entre Raquel e Denis ganhou um novo propósito e foco. Ambos estavam animados com a perspectiva de criar algo que pudesse contribuir significativamente para a sustentabilidade e o futuro do Brasil. Com entusiasmo renovado, eles se uniram para transformar a ideia do Ecosoft em uma solução prática, pronta para enfrentar os desafios climáticos do país.

Uma reunião importante foi marcada no Instituto Nacional de Pesquisas Espaciais (CNPQ), onde Raquel, Denis e outros cientistas, incluindo seu chefe, se reuniram para debater a implementação do Ecosoft no Brasil. A sala de conferências estava cheia de expectativa enquanto todos se sentavam em torno da mesa.

"Bom dia a todos. Obrigada por estarem aqui para discutir o projeto Ecosoft. Como sabemos, enfrentamos desafios sérios em relação às mudanças climáticas e suas implicações para o Brasil. Acredito que o Ecosoft pode ser uma solução inovadora para abordar esses problemas."

"Raquel, por favor, nos explique mais sobre o Ecosoft e como ele pode ser implementado." Disse o diretor do CNPQ, Ronaldo.

"Certamente. O Ecosoft é um software que monitora e controla as emissões de carbono das indústrias e produção agropecuária. A proposta é que as indústrias e empresários do agronegócio paguem uma taxa com base na quantidade de carbono que estão emitindo. No entanto, elas terão a oportunidade de reduzir essa taxa através do investimento em energias alternativas, como eólica, solar e elétrica."

"Isso parece uma abordagem interessante. Poderia fornecer um incentivo real para as indústrias adotarem práticas mais sustentáveis." Disse Ronaldo.

"E como você projeta que isso afetará o Brasil a longo prazo?" perguntou Piberton.

"Nossas projeções indicam que, até o ano 2100, muitas das situações alarmantes atuais em relação às emissões de carbono e mudanças climáticas poderiam melhorar significativamente. O Ecosoft não apenas incentivaria a redução das emissões, mas também impulsionaria a inovação em energia limpa e sustentável."

"Isso parece uma abordagem promissora Raquel. No entanto, para implementar isso, precisaríamos de apoio governamental. Sugiro que preparemos um relatório detalhado e peçamos uma audiência com o presidente Rossi para apresentar o projeto." Disse Ronaldo.

Todos concordaram e começaram a traçar os planos para preparar a apresentação ao presidente. Após semanas de preparação intensa, o dia da audiência chegou. Raquel, Denis e o grupo estavam reunidos em uma sala no Palácio do Planalto, onde o presidente Rossi os receberia em Brasília.

"Bom dia a todos. Fiquei intrigado com o projeto que vocês apresentaram. Por favor, expliquem mais sobre como o Ecosoft funcionaria." Disse o presidente Rossi.

"Senhor Presidente, o Ecosoft tem o potencial de transformar a abordagem do Brasil em relação às mudanças climáticas. Ele incentivaria a redução das emissões de carbono das indústrias e agronegócios e promoveria a transição para energias limpas. As indústrias teriam a oportunidade de investir em alternativas sustentáveis e, ao fazê-lo, poderiam reduzir suas taxas de emissão." Explicou Raquel.

"Isso é uma ideia ambiciosa. Como vocês projetam a adesão das indústrias?" perguntou Rossi.

"Senhor Presidente, a proposta é que as indústrias e empresários agropecuários participem voluntariamente no início, mas com incentivos financeiros significativos. À medida que os benefícios se tornarem evidentes e as taxas de emissão diminuírem, acredito que mais indústrias e empresários do agronegócio se sentirão compelidos a participar."

"É um plano audacioso, mas com um potencial considerável. Quero que preparem um relatório detalhado sobre os aspectos técnicos, econômicos e ambientais. Vou analisar cuidadosamente e discutir isso com minha equipe." Disse o presidente Rossi.

"Senhor Presidente, agradecemos a sua consideração. Acreditamos que o Ecosoft pode trazer mudanças significativas para o Brasil e seu papel na luta contra as mudanças climáticas."

"Fico impressionado com a dedicação de vocês Raquel. Vamos analisar o relatório e agendar uma nova reunião para discutir os próximos passos." Disse Rossi.

A audiência terminou com um sentimento de otimismo. O presidente Rossi estava genuinamente interessado no projeto Ecosoft e estava disposto a considerar suas implicações para o Brasil. Raquel, Denis e o grupo de cientistas saíram do Palácio do Planalto com a sensação de que seu trabalho estava apenas começando, mas com a esperança de que poderiam efetuar uma mudança real na trajetória climática do país.

Eles ainda fizeram um tour em Brasília conhecendo os vários prédios e a arquitetura única de Oscar Niemeyer o que impressionou muitos dos cientistas que não conheciam Brasília.

CAPÍTULO DEZ

O PROJETO EM AÇÃO

O presidente, acompanhado de seus agentes no carro oficial, chegou. Seu nome era Rossi. Estavam esperando por ele, e assim que entrou, sentou-se e disse:

"Nosso país teve um novo incentivo em todos os setores. Indústrias, comércio e empresas privadas continuam ocupadas. Provaram novamente a validade da comunidade científica."

Os cientistas ficaram verdadeiramente satisfeitos com esse elogio.

"Eles construíram e projetaram todo o esquema de subsistência do governo, fornecendo máquinas específicas para cada conjunto. A construção está sob minha responsabilidade. Recursos foram disponibilizados. Esse é o propósito inicial da comunidade, mas vocês têm liberdade para suas próprias invenções, pois suas habilidades são especiais. Desta vez foi mais fácil explicar a dependência do país em relação aos projetos do governo. A população aceitou os sacrifícios, pois outros países também estão passando pelos mesmos problemas."

O presidente se dirigiu próximo a Denis e disse:

"Denis, Raquel e tantos outros colaboradores, vamos por o projeto Ecosoft em ação interagindo com todos os outros projetos em andamento!"

"Sem querer atrasar o projeto já iniciado pelo grupo, estou preparado presidente!"

"Está tudo bem então? Espero ver vocês em breve!" disse Rossi.

"Estamos ansiosos para colaborar presidente!" disse Raquel

"Conheço a vontade dos cientistas de buscar seu próprio avanço, trabalhando pelo país!" disse Rossi.

"Estaremos sempre presentes!" disse o diretor do CNPQ Ronaldo.

"O Brasil e vasto e existem diferentes dificuldades, especialmente nas fronteiras!" disse Rossi.

"Especialmente nas fronteiras da Amazonia com tantas invasões do território!" disse Ronaldo.

"Ótimo! Foi um prazer em vê-los!"

O presidente acompanhou Ronaldo para uma visita as instalações do CNPQ enquanto os cientistas voltaram para os laboratórios

Teríamos algum tempo antes de iniciar o uso do Ecosoft para administrar a produção de gás carbônico e outros projetos de energia sustentável em várias regiões do Brasil. Com poucos recursos aparentes, teríamos que expor nossas ideias sobre o mundo. Era uma boa oportunidade para nos conhecermos melhor.

"Enquanto aproveito meu tempo de distração, também uso para tentar encontrar soluções com novas ideias" disse Almir, um dos cientistas.

"Que área e os eu projeto?" perguntou Denis.

"Faço parte do grupo de ciências ambientais." Disse Almir.

"Teremos uma reunião e veremos os detalhes de onde vamos primeiro." Disse Denis

"Pode ser, Denis. Se você tem algo em mente, devemos usar. Rossi não nos deu muitas opções. Desde que cheguei aqui, temos que criar soluções para os problemas!" disse Almir. "O presidente precisa de nós!"

"Sim, Almir! Precisamos nos organizar. Estamos vivendo um momento único na história. Somos exemplos de um lugar do futuro aqui no CNPQ. Com acomodações perfeitas, condições e recursos ao nosso alcance. Não quero perder isso." Disse Denis.

"Sugiro que façamos uma viagem a um lugar onde ninguém tenha explorado a natureza. Ela sempre reserva surpresas valiosas.

"Não! Vamos ficar aqui e discutir com o grupo primeiro para chegar a uma conclusão melhor." Disse Denis.

"Eu também ficarei" disse Almir

A incerteza sobre os próximos passos já era suficiente para o presidente deixar agentes no CNPQ acompanhando nosso trabalho. Os agentes do presidente vieram pedir explicações sobre como implantariam o Ecosoft para que o presidente também pudesse considerar uma possível colaboração.

"Rossi devia confiar mais em nos. Não gosto de fazer nosso trabalho sob vigilância." Disse Denis.

"Somos pressionados de todos os lados" disse Almir.

"Continuem com seus serviços, boa sorte. Hoje não temos nada mais a discutir."

"Dorival era o chefe entre os agentes. Rogério, Cássio e Riler eram os demais. Suas descrições confundiam-se com suas personalidades, e a imaginação poderia influenciar positivamente ou negativamente a percepção que tínhamos deles. Até aquele momento, eu ainda não tinha tirado conclusões sobre eles com base em suas aparências, e não começaria agora."

"Vocês sustentam o governo. É importante que sejam dignos desse papel. Gostaria de saber como vocês passaram de uma profissão comum para se tornarem agentes do governo?" perguntou Denis.

"Pelas suas palavras vejo que pensa que nosso trabalho e único!" disse Dorival.

"Sim! Vocês estão fazendo um papel importante para o presidente" disse Denis

"Espero ver todos vocês participando também deste trabalho especial para o governo do Brasil!" Disse Dorival.

"Sim! Cada um na sua área de pesquisa."

"Mas você Denis é um dos cientistas principais e deve tê-los impressionado."

"Estou tentando unir meus conhecimentos de física, energias alternativas e meio ambiente juntamente com a análise de dados estatísticos para o programa Ecosoft" disse Denis.

"Fico admirado com o trabalho científico de vocês". "Até logo meu amigo" Dorival se despediu e foi andando pelos corredores.

"Dorival merecia seu cargo como líder. Ele tinha habilidades de relacionamento amigáveis e era respeitado por todos. Essa recompensa poderia satisfazê-lo, mas eu percebia sua insatisfação, fruto de sua mente expansiva. Que essas análises não nos surpreendam negativamente."

"Um silêncio pairou no ambiente. A capacidade de abalar qualquer crueldade que acompanhasse as dificuldades mostrava o pouco sustento de um cientista. O silêncio continuava, enquanto belos momentos passavam por nossos pensamentos, mas também abalava todo o percurso de nossas carreiras. "

"As datas especiais como feriados não interrompiam nossos esforços. A influência existia como uma persistência infernal e suposta, sempre tentando nos mudar. Cada um seguia seu próprio caminho na vida. Aqueles que desaprovassem teriam que aceitar a crítica. Esses aspectos deviam ser ponderados em momentos especiais, momentos de transição na vida."

"Para mim, aproximava-se mais uma noite de inspiração. Nos últimos dias, eu me sentia inseguro, mas colocava as principais necessidades em primeiro lugar. Em meu mundo, encontrava desculpas para tudo, enquanto podia fazer coisas simples. O dia em que eu vencesse isso seria o dia da minha realização. Como é belo o isolamento quando o aceitamos como algo mais importante do que perder tempo com as oportunidades que a vida nos oferece. Mas a vida em si cria histórias ao longo de séculos, cheias de recompensas e cheias de esperança para o futuro."

"Pais e filhos poderiam trocar ideias agradáveis. Eu me refugiava em meu diário escrevendo meus pensamentos e experiências. Eu queria transformá-las em realidade e desfrutar dos maiores prazeres. A vida me parecia pequena, e eu não me desculpava por isso. Esse momento de dúvida era uma oportunidade de reafirmar minhas bases, mesmo que sem muito suporte."

"Representava uma batalha ganha, onde eu era tanto o inimigo quanto a defesa. As amizades não me faziam valorizar minha vida. Um elogio talvez me agradasse, mas eu continuava acreditando que estava envolvido com o que deixava de lado para tornar a vida especial. Eu pensava em ter uma vida e lutava por algo que a revitalizasse."

Com motivação, as qualidades de uma pessoa saberão como utilizá-las da maneira desejada. Assim surgiu a vida, criada por ela mesma, com recompensas para cobrir todas as dificuldades enfrentadas e batalhas vencidas, momentos de pura infinitude que verdadeiramente recompensam.

Almir também começou a andar sem rumo. No fim, ele saiu do prédio, caminhando com seus pensamentos tomando conta de sua mente.

"É incrível como somos obrigados a controlar nossos pensamentos e ações. O poder da mente está em como usá-la. Denis está ainda no prédio. Almir foi até ele para conversar. Denis estava pensativo.

Almir tinha seus próprios problemas, muito mais do que Denis. Sua mente estava tomada pela falta de clareza em suas dúvidas. Ele se aproximou lentamente de Denis.

"Preocupado Denis?"

"É a vida. Deixo muitas coisas de lado e, no final, sempre fico em dúvida. "Agora que estou aqui, de onde você vem? Minha história é típica dos cientistas" disse Denis.

"Venho da Universidade Federal do Paraná. A ciência lá e levada muito a sério. O que os cientistas representam para você? Vou tentar descobrir sua história" Disse Almir.

"São homens marcados desde muito Canopes. Problemas surgem para serem resolvidos, começando pelas coisas ao nosso redor. A lógica se desenvolve para enfrentar as surpresas que possam surgir, pois o esgotamento nervoso leva a um rápido envelhecimento. As tarefas se tornam cada vez mais complexas, a ponto de não haver base para críticas. A personalidade está em constante formação. Isso é o que tenho feito até hoje." Disse Denis

"Deve ter pensado em tantas coisas quanto eu. Você parece meu irmão, embora nunca tenha tido um."

"Tente adivinhar minha história e verei se você se interessa por certos assuntos Almir. Você pode se surpreender. "Tudo o que mencionei anteriormente surgiu desde a minha infância. Necessidades maiores, problemas maiores, emoções maiores. Cultivo da beleza, conexão com a natureza. Entre esses espaços, surgirão coisas muito interessantes para discutir. Do jeito que vejo, você sempre buscou ter a mente e as ações de um homem desenvolvido." Disse Denis.

"Mas se você me conhecesse, seria ainda mais interessante" Disse Almir.

"Almir desejava ter tanta confiança em suas bases como eu. Eu pensei em abordar o assunto com cuidado.

"Isso poderia se aplicar à sua vida" disse Denis.

"Você está tentando mostrar o quanto sua vida pode aprender mais?" perguntou Almir.

"O que você observou vai além de você, assim como eu esperava. Minha análise deve satisfazer suas dúvidas ou convencê-lo do meu ponto de vista?

"No início da minha formação, eu aprendi e me vi envolvido em tudo. O texto mencionado neste trecho é comum a todos os desenvolvimentos. A história dessa família também se viu envolvida nele." Disse Denis.

"Eu pareço calmo, mas estou profundamente abalado. Gostaria de conhecer a minha filosofia de vida?" perguntou Almir.

"Você deixou muitas coisas passarem despercebidas, mesmo durante nossa conversa. Como posso saber?" perguntou Denis.

"Nós dois conversamos indiretamente até você entrar na minha vida. Qual foi a parte? Ao observar pelo menos minha maneira de ser e agir, eu suponho" disse Denis.

"Eu posso perceber!" disse Denis.

"Quando perguntei sobre sua atitude em relação ao liderar, eu estava observando sua abordagem em relação a recursos não considerados por você. Quais seriam esses recursos?" perguntou Almir.

"As ideias e a imaginação diante dos problemas!" respondeu Denis.

"Vejo que você já faz ciência há muito tempo!" disse Almir.

"Você está certo! Quando criança já sonhava em ser um cientista!" disse Denis.

"Como você descobre soluções para os problemas novos?" perguntou Almir.

"Para um problema que são as dúvidas, experimente refletir mais sobre essas dúvidas, porque tudo depende da força de vontade de cada indivíduo para realizar algo. Até mesmo um sonho pode ser tão desenvolvido que, ao dar o primeiro passo, o futuro estará traçado da melhor forma possível."

"Que belo pensamento Denis. Um jovem é capaz de mudar o mundo!" disse Almir. a vida de um homem, dizendo o que ele sempre soube.

"A parte mais interessante está em você. Eu não fiz nada além de ser um estudante esforçado!" disse Denis.

"Sua presença é uma grande contribuição!" disse Almir.

"De alguma forma, consegui chegar aqui!" disse Denis.

"Eu também comecei cedo a me interessar por ciência! Você também é obcecado pelo desejo de evoluir?" perguntou Almir.

"A perfeição traz o tédio, então não devemos buscar a perfeição. Por quanto tempo você se sente sem algo importante a fazer, na calmaria das dificuldades da vida diária?" perguntou Denis.

"É verdade! Acho que vou entrar agora Denis!"

"Ate mais!"

Eles voltaram para seus quartos e pensamentos noturnos.

"Preferi pensar nas tarefas do novo dia, sem deixar de lado a análise do dia que passou."

"As pessoas mudam a cada momento, mas mantêm suas personalidades confusas como base. Um dia, terei a oportunidade de usar essas experiências, mesmo que seja para transmiti-las ao meu filho. Eu escrevo com cuidado, valorizando minha própria vida. Sua mente estava cheia de dúvidas."

Denis aproveitou as últimas horas do dia para registrar suas impressões no seu jornal:

"Procure e você encontrará respostas.

Análises concretas seguidas de confirmações surgem.

Vá se adaptando às mudanças em sua vida.

Reúna suas antigas dúvidas para torná-las recursos procurados.

Como autor de escritos e de uma vida que valorizo muito, transmito a ideia de querer mudar o mundo para mim mesmo, mas sei que estou mudando minha própria vida. Sempre há alguma descoberta útil, influenciando pessoas em processo de formação, sem um ponto final. Se algo criado não transmitir uma mensagem, não terá mais a mostrar além de uma vida nascendo e morrendo."

"Principalmente à noite, quando o trabalho cessa e ficamos pensando em possíveis descobertas para o dia seguinte, eu saí em busca de inspiração e encontrei Denis. Pude refletir sobre minha vida. Eu estava principalmente preocupado com a perfeição e a melhor maneira de fazer as coisas. Agora percebo a imperfeição de um acordo entre a vida vivida e a vida para a sobrevivência e o progresso material. Eu sabia como controlar minha mente para usá-la, conhecia seu poder e a dificuldade que ela traz em certos momentos. Percebi esse poder, que é nada mais do que uma fonte de surpresas para todos. Agora funcionará."

"Meu ideal não tinha um começo nem um fim. Vem de anos passados e, quando terminasse, eu achava que estaria longe da minha vida. Uma reunião foi marcada para a tarde. Tínhamos a manhã para concluir nossas invenções. Gurgel estava por perto e sentou-se ao meu lado no laboratório. Depois da última conversa, falei pouco com ele."

Almir analisava seu dia. Ele convidou Denis a se unir com os outros que estavam sem sono preocupados com o andamento do projeto e se iria funcionar para alcançar seus objetivos. Dentro da sala de estar eles estavam confortáveis nos sofás enquanto conversavam.

"Você está disposto a contar sua história agora Gurgel?

"Não é por isso. Estou disposto a isso. Venho de cidade em cidade, desde uma cidade pequena como a sua. Éramos um refúgio onde muitas pessoas ricas vinham descansar. Um dia, um cientista chegaram e logo morreram sozinho. Ele estava atormentado pelo remorso de ter sido passado para trás. Perdeu muitos anos de vida em um trabalho e um incêndio destruiu tudo. Não foi um acidente, e isso o atormentava.

Falava sobre o arrependimento de não ter guardado o trabalho em um cofre para protegê-lo do fogo. Mesmo com o incêndio, se tivesse sido preservado, o trabalho ainda existiria. Esse homem faleceu e deixou suas pesquisas avançadas como herança, que foram passadas para mim. Comecei a desenvolver seu estilo e a continuar seu legado.

"Desde então, tenho tomado o máximo de cuidado para não perder seu trabalho.

"Exatamente!"

Almir adotava diferentes personalidades para encobrir suas falhas, o que às vezes o salvava. A reunião estava se aproximando e tínhamos a manhã para concluir nossas invenções. Gurgel sentou-se ao meu lado no sofá, mas depois de nossa última conversa, tínhamos falado pouco um com o outro.

"Eu tentei estabelecer uma base sólida para Almir pois sabia que ele só poderia se satisfazer e continuar a conversa dessa maneira. Haveria alguma surpresa?"

"Você nunca considerou alcançar algo através do poder da mente? "perguntou Gurgel.

"Depende do que você se refere!" disse Denis.

"Eles acreditavam que estavam corretos, como uma comunidade que me cercava com problemas maiores e soluções certas. Algumas pessoas estavam conscientes do progresso que faziam."

"Eu entendo o erro deles!" disse Gurgel.

Almir sempre se referia a eles como se tivesse alguém o perseguindo ou planejando contra ele.

"Eles acreditavam que era a única saída naquele momento. Eles deveriam ter pensado mais." Disse Almir.

"Suas vidas dependiam disso Gurgel?"

"Então eles desistiram de competir mentalmente" disse Gurgel.

"Por que competir mentalmente?" perguntou Denis

Denis já tinha lido um pouco sobre esquizofrenia e tentava entender os pensamentos de Almir que era um gênio, mas tinha este problema que o atormentava.

"Você é quem sabe! Nós aprendemos uns com os outros, diminuindo a incerteza de cada um! Eu sabia que isso seria o fim. Na verdade, ninguém estava certo." Disse Gurgel.

"Você consegue pensar em alguém mais envolvido com "eles" aqui da comunidade?" perguntou Denis.

"Certamente seria você, levando em consideração seu plano estabelecido desde o começo!" Denis começou a ficar preocupado.

"Tem certeza de que existe alguém tentando te prejudicar? Quem são eles?" perguntou Denis.

"Não são sempre as mesmas pessoas, mas eles são um grande grupo!" disse Gurgel.

"Ei, Almir, você já ouviu falar sobre esquizofrenia? Estava lendo um pouco sobre saúde mental e me deparei com esse termo. Fiquei curioso para entender melhor do que se trata."

"Ah, sim, eu já ouvi falar sobre isso, mas não tenho certeza dos detalhes. Pelo que sei, é uma condição mental, certo?"

"Sim, exatamente. É um transtorno mental complexo que afeta a maneira como uma pessoa pensa, sente e se comporta. Geralmente começa na adolescência ou no início da idade adulta. A coisa interessante sobre a esquizofrenia é que pode variar muito de pessoa para pessoa."

"Hum, entendi. Mas o que exatamente acontece com alguém que tem esquizofrenia?"

"Bom, a esquizofrenia pode causar uma série de sintomas. Uma pessoa com esquizofrenia pode ter alucinações, que são experiências sensoriais falsas, como ouvir vozes que outras pessoas não ouvem. Também podem ocorrer delírios, que são crenças falsas e irracionais que são mantidas mesmo quando há evidências contrárias."

"Uau, soa realmente complicado. E como isso afeta o pensamento e o comportamento?" disse Gurgel.

"É verdade, pode ser bastante desafiador. Pessoas com esquizofrenia podem ter dificuldade em organizar seus pensamentos, o que pode levar a um discurso incoerente. Às vezes, também têm dificuldade em expressar emoções, o que pode fazer com que pareçam distantes ou indiferentes. Além disso, o transtorno pode afetar a capacidade de concentração e tomar decisões."

"Deve ser difícil para quem lida com isso, e também para suas famílias." Disse Gurgel.

"Com certeza. O suporte de familiares e amigos é realmente importante. E o tratamento também desempenha um papel crucial. Geralmente envolve uma combinação de medicamentos antipsicóticos, psicoterapia e apoio social. Com o tratamento adequado, muitas pessoas conseguem levar uma vida melhor e mais estável."

"É bom saber que há tratamentos disponíveis. Acho que é uma lembrança de como a saúde mental é tão importante quanto a física."

"Exatamente, Gurgel. É vital cuidar da nossa saúde mental, assim como fazemos com a saúde física. E entender condições como a esquizofrenia nos ajuda a sermos mais empáticos e solidários com aqueles que enfrentam esses desafios."

"Definitivamente. Obrigado por me explicar, Denis. É bom aprender coisas novas e poder ter conversas significativas sobre esses tópicos. Agora estou mais informado.

Quando Denis achava que tinha aberto os olhos de Gurgel a respeito ele perguntou"

"Você conhece alguém com esquizofrenia?"

"Não. Sem problemas, Gurgel! Acredito que compartilhar conhecimento e promover a compreensão mútua é sempre uma ótima ideia. Se tiver mais perguntas, é só me perguntar!

"Vou lembrar disso, obrigado!"

"Eu sorri novamente, feliz com o resultado da conversa."

CAPÍTULO ONZE

DESPERTANDO O CERRADO

À medida que o Ecosoft foi implementado, sua capacidade de análise detalhada começou a revelar insights surpreendentes sobre o potencial de energia solar no cerrado brasileiro. O software identificou vastas áreas na região que eram ideais para a instalação de usinas solares devido à abundante exposição solar e à topografia favorável. Essa descoberta criou uma oportunidade única para o desenvolvimento sustentável e impactante.

O projeto de desenvolvimento da região do cerrado não se limitava apenas à geração de energia limpa. A visão se estendia a transformar essa região em um centro de crescimento e prosperidade, que poderia atrair pessoas de outras partes do Brasil que viviam em áreas de risco, como morros, favelas, populações ribeirinhas e moradores de rua. A ideia era criar um local que oferecesse segurança, empregos e oportunidades para essas pessoas, ao mesmo tempo em que impulsionava o avanço tecnológico e econômico do país.

O governo, inspirado pelo potencial transformador do Ecosoft, lançou uma série de incentivos e programas de desenvolvimento para atrair investimentos e residentes para o cerrado. Os planos incluíam a criação de zonas econômicas especiais, a oferta de treinamento e capacitação profissional para as pessoas que migrassem para a região e incentivos fiscais para empresas que se instalassem lá.

Uma campanha de conscientização começou a atrair a atenção das pessoas que viviam em áreas de risco, oferecendo-lhes a oportunidade de uma vida melhor em um ambiente seguro e sustentável. Muitos viram essa proposta como uma saída real de situações precárias e perigosas.

O Cerrado brasileiro começou a ser transformado em uma área de crescimento econômico e tecnológico. As usinas solares começaram a ser construídas, gerando energia limpa e empregos locais. A infraestrutura moderna se desenvolveu, incluindo habitações, escolas, hospitais e instalações de lazer. O novo centro de desenvolvimento não apenas oferecia uma vida melhor para os moradores, mas também impulsionava a economia regional e nacional.

Em um encontro com o presidente, Raquel apresentou os resultados iniciais desse empreendimento inovador:

"Senhor Presidente, o Ecosoft não apenas está controlando as emissões de carbono, mas também está abrindo novas portas para o desenvolvimento do cerrado. A região está se transformando em um polo de oportunidades e crescimento."

"Raquel, isso é surpreendente. Estou impressionado com o que vocês alcançaram até agora. Como podemos expandir ainda mais esse projeto?"

"Acreditamos que a combinação do desenvolvimento de energia solar e o crescimento econômico pode atrair mais investimentos e pessoas para o cerrado. O governo pode continuar a oferecer incentivos para empresas e indivíduos que queiram contribuir para esse progresso."

"Vamos trabalhar nisso. O que vocês realizaram até agora é notável, e a visão que vocês têm para o futuro do cerrado brasileiro é verdadeiramente inspiradora." Disse Rossi.

O Ecosoft não apenas se tornou uma ferramenta para o controle de emissões de carbono, mas também um catalisador para o progresso social e econômico. A região do cerrado se tornou um exemplo de como a inovação, a tecnologia e a determinação podem transformar um território, oferecendo uma vida melhor para muitos e contribuindo para a luta global contra as mudanças climáticas.

A equipe de cientistas partiu em direção ao Cerrado, uma região rica em biodiversidade e recursos naturais. Eles enfrentam desafios ao equilibrar a exploração responsável com a conservação ambiental, enquanto buscam maneiras de impulsionar o desenvolvimento econômico e melhorar as condições de vida das comunidades locais.

Enquanto a equipe de cientistas se dirigia ao Cerrado, uma das regiões mais ricas em biodiversidade do Brasil, eles enfrentavam uma série de desafios. O líder da expedição, Dra. Mariana Silva, tinha vivido toda a sua vida em áreas urbanas, então a vastidão e as condições imprevisíveis do Cerrado a deixavam insegura. Enquanto exploravam a vegetação densa e enfrentavam temperaturas extremas, os membros da equipe precisavam lidar com cobras, insetos venenosos e terrenos traiçoeiros.

Conforme os dias passavam, os laços entre os membros da equipe se fortaleciam. A Dra. Rafaela, especialista em botânica, mostrava-se uma líder natural, guiando a equipe através da vegetação densa com destreza. O Dr. Carlos, especialista em conservação, era o coração da equipe, constantemente lembrando a todos da importância de preservar o Cerrado para as futuras gerações.

No auge da expedição, a equipe se deparou com uma comunidade local que lutava para sobreviver em meio à degradação do ambiente. A conexão emocional entre os cientistas e os moradores foi instantânea. Eles compartilharam histórias e aprenderam sobre as práticas de subsistência que mantinham a comunidade unida. A Dra. Mariana, inicialmente cética sobre sua habilidade de contribuir, percebeu que a ciência poderia ser uma ponte entre o conhecimento tradicional e as soluções modernas.

Enfrentando desafios inesperados, como a falta de recursos e a resistência de interesses comerciais, a equipe se uniu para desenvolver projetos sustentáveis que pudessem melhorar a vida das comunidades locais e proteger a biodiversidade do Cerrado. Eles implementaram programas de educação ambiental, promoveram práticas agrícolas sustentáveis e criaram oportunidades de emprego através do uso responsável dos recursos naturais.

Naquela tarde, o ceu estava realmente muito escuro com a formação de nuvem gigantes e assustadoras. Uma tempestade se formou no horizonte do cerrado brasileiro, carregando consigo nuvens carregadas e trovões ameaçadores. O vento aumentou gradualmente, sacudindo árvores e levantando poeira em espirais dançantes. O acampamento dos cientistas, situado no coração do cerrado, parecia vulnerável à fúria da natureza.

"Pessoal, temos que nos apressar! A tempestade está chegando com força total!" gritou Denis enquanto corria para avisar as pessoas.

"Estou tentando segurar essas barracas, mas o vento está me arrastando!" disse Raquel.

"Vamos embora Raquel, rápido! Temos que garantir que todos estejam em um local seguro antes que isso piore!" disse a Dra. Mariana.

Enquanto Deis, Raquel e a Dra. Mariana lutavam contra o vento e a chuva intensa para levar os cientistas e empregados para um lugar seguro, os engenheiros corriam para proteger os equipamentos científicos valiosos que haviam sido montados para estudar o ecossistema do cerrado.

"Precisamos cobrir os equipamentos! Eles não podem ser danificados!" gritou um dos engenheiros.

"Estou tentando cobrir os sensores, mas está cada vez mais difícil!" gritou outro engenheiro.

A tempestade aumentava de intensidade a cada minuto, as rajadas de vento tornando-se mais violentas e a chuva se transformando em uma verdadeira cortina d'água. O cenário era caótico, com tendas sendo arrancadas, galhos caindo e a visibilidade diminuindo rapidamente.

"Temos que encontrar abrigo! Aqueles que não conseguirem ajudar com os equipamentos, ajudem a levar as pessoas para um local seguro!" gritou Denis.

"Vamos para a barraca principal! Pode nos dar um pouco mais de proteção!" gritou Raquel enquanto o vento e a agua entravam em seus olhos e boca.

"Certo, mas temos que nos apressar. A tempestade está ficando cada vez pior." Disse Mariana.

Enquanto todos se abrigavam na barraca principal, a tempestade atingiu seu auge. Os trovões retumbavam e os relâmpagos iluminavam o céu escuro de maneira assustadora. Dentro da barraca, a tensão era palpável enquanto todos esperavam que a tempestade passasse.

"Os equipamentos estão cobertos, mas não sei por quanto tempo eles vão resistir a isso!" disse um dos engenheiros que entrou na barraca.

"Vamos torcer para que aguentem até a tempestade passar. O importante agora é garantir a segurança de todos aqui." Disse Mariana.

A medida que a tempestade continuava, Deis, Raquel, a Dra. Mariana e os engenheiros mantinham a comunicação e a colaboração para lidar com a situação crítica.

Raquel toda ensopada estava agarrada a Denis procurando por proteção e assustada. Denis sentiu que ela ainda tinha interesse nele apesar da situação caótica. Após algumas horas que pareceram uma eternidade, a intensidade da tempestade finalmente começou a diminuir.

"Acho que o pior já passou. A tempestade está se afastando." Disse Denis.

"Graças a Deus. Foi uma das tempestades mais fortes que já vi." Disse Raquel aliviada.

"Vamos verificar como estão os outros e avaliar os danos. Depois, precisamos fazer um balanço do que podemos fazer a partir daqui." Disse Mariana olhando ao redor.

Apesar dos danos ao acampamento e aos equipamentos, a equipe estava unida e determinada a superar os desafios impostos pela tempestade. Enquanto a chuva diminuía gradualmente e os primeiros raios de sol começavam a aparecer, eles sabiam que a recuperação seria um processo árduo, mas estavam prontos para enfrentá-lo juntos.

Através da solidariedade e da determinação, eles superam as adversidades e emergiram mais fortes.

A equipe observa o resultado do trabalho árduo. A comunidade florescia com novas oportunidades, a biodiversidade do Cerrado estava sendo preservada e a Dra. Mariana superou seus medos, tornando-se uma voz inspiradora para a equipe e a comunidade.

CAPÍTULO DOZE

INDO NA CONTRAMÃO

À medida que os esforços em prol do desenvolvimento sustentável no cerrado brasileiro avançavam com o Ecosoft, o presidente Rossi havia tomado outra direção, formando um grupo separado de cientistas focados na utilização da energia nuclear para a geração de energia. A ideia de energia nuclear estava ligada a planos ambiciosos de suprir o crescente consumo energético do país e impulsionar o desenvolvimento, mas também carregava preocupações sobre segurança e impacto ambiental.

Esse grupo nuclear tinha sido enviado até a Amazônia para auxiliar na construção de uma usina de enriquecimento de urânio por causa da exploração de uma grande mina de urânio na fronteira com a Bolívia. O presidente Rossi estava sendo influenciado por grandes empresários e políticos que vislumbravam um desenvolvimento acelerado da região amazônica, inclusive aumento o centro comercial e industrial de Manaus.

Almir, um indivíduo com forte influência junto a esses empresários e que agora fazia parte desse grupo, estava ciente da habilidade técnica de Denis e via nele um ativo valioso para a conclusão do projeto nuclear. Almir sabia que, com Denis a bordo, poderiam acelerar a finalização do projeto que já estava em andamento desde o início da chegada dos cientistas ao CNPQ.

Um dia, Almir abordou Denis após uma das reuniões no CNPQ:

"Denis, estou impressionado com suas habilidades e sua dedicação à causa ambiental. Sei que você tem trabalhado no projeto Ecosoft, mas gostaria de discutir uma oportunidade adicional."

"Olá, Almir. Obrigado pelo elogio. De que oportunidade você está falando?"

"Estou falando sobre a usina de enriquecimento de urânio que estamos construindo na Amazônia. Já estamos avançados no projeto, mas estamos buscando acelerar o processo. Com suas habilidades, acredito que você poderia contribuir significativamente."

"Uma usina de enriquecimento na Amazonia? Mas eu tenho me dedicado ao Ecosoft e ao desenvolvimento sustentável om o controle da produção do carbono. O objetivo e que as indústrias e o agronegócio possam produzir energias alternativas e ganhar créditos de carbono e até vender para outras companhias e países. A energia nuclear levanta preocupações sobre segurança e impacto ambiental."

"Entendo suas preocupações, Denis, mas acredite que estamos tomando todas as medidas necessárias para garantir a segurança e minimizar os impactos. Além disso, a usina poderia impulsionar o desenvolvimento da Amazônia e trazer benefícios econômicos para a região."

"É uma decisão complexa. Meu foco tem sido em soluções mais sustentáveis. Preciso pensar sobre isso."

"Claro, entendo. Apenas pense sobre as oportunidades que isso pode trazer, tanto para a região quanto para o Brasil como um todo."

Denis ficou dividido. Ele entendia a importância de um desenvolvimento econômico equilibrado e a necessidade de energia para o país, mas também tinha preocupações legítimas sobre os riscos associados à energia nuclear. Ele sabia que qualquer decisão que tomasse teria impactos significativos e precisava ponderar cuidadosamente sobre o caminho que seguiria.

"O que precisamos fazer também Denis, é criar uma grande indústria em um terreno que ninguém se interesse e mostrar o quanto há para se fazer no país. Dessa forma, várias cidades se interessarão por novas oportunidades comerciais e industriais. A evolução será acelerada e o governo enriquecerá. As pessoas terão empregos e estarão conscientes de que estão criando mais para o próprio benefício."

"É uma boa ideia. Vamos falar com Ronaldo!" disse Denis.

"Ainda não Denis!"

"O que você sugere?".

"Bem, eu tenho uma maneira imediata de começarmos a construção de uma nova indústria em uma terra desabitada."

"Como Almir?"

"Pode vir comigo. Tenho uma amiga que ficará feliz em nos ajudar." Disse Almir.

"Fomos até o centro da cidade. Qualquer amigo tinha sua utilidade. Nosso estilo de vida não importava para o progresso da indústria. Não conhecia as condições de como obter os recursos necessários para uma indústria. Nossa maior parte da vida ocorria na comunidade científica. Fomos envolvidos pelo povo e, de repente, avistei a base de Foster. Ele não ficou muito feliz quando me anunciei pessoalmente. Enquanto eu entrava, os outros quatro esperavam do lado de fora, junto à secretaria e às poltronas.

"Antes de dizer não, pense em nos ajudar." Disse Almir.

"Não tenho escolha." Disse Denis.

"Precisamos de um jipe, e você nos levará a uma terra um pouco longe daqui!" disse Almir.

"Como pode exigir algo de mim, amigo?"

"O que acha de ser promovido?" disse Almir a um funcionário.

"Denis? Você aqui?" disse Foster surpreso.

"Aqui está a comunidade científica. Nós somos aqueles que impulsionam este país." Disse Foster.

"Sim! São as descobertas que nos impulsionam." Disse Foster.

"Sou grato por o presidente ter me convidado" disse Denis.

"Acredito que o presidente reconhecerá minha ajuda."

"Vamos para o jipe." Disse Almir.

Fomos até a garagem da base. Sobre um jipe militar seguimos pelo território conhecido como "a base". Os buracos eram superados como barreiras em uma guerra. Nos divertíamos enquanto avançávamos.

Depois de algumas horas chegaram a um grande prédio retangular e com chaminés que parecia uma usina nuclear perto de São Paulo.

"Esta usina e para efeitos civis e militares!" disse Foster.

"Vamos encontrar um lugar melhor para parar!" disse Almir.

Denis estava atônito ao testemunhar a colossal usina nuclear que havia sido construída em uma cidade próxima a São Paulo. Seus olhos percorriam as instalações modernas e imponentes, cuja grandiosidade era contrastante com o terreno ao redor. Bilhões de reais haviam sido investidos nesse empreendimento, mas Denis não conseguia deixar de sentir que algo estava errado.

Enquanto ele observava as imponentes estruturas metálicas, os reatores reluzentes e as torres de resfriamento se erguendo em direção ao céu, um sentimento de apreensão crescia em seu peito. Ele sabia que havia uma crescente necessidade de fontes de energia mais limpas e sustentáveis para enfrentar os desafios ambientais, e essa usina nuclear parecia estar na direção oposta.

Conforme ele explorava mais, Denis começou a perceber os perigos potenciais que a usina representava para os moradores da região. A água do reservatório local estava sendo desviada em quantidades alarmantes para resfriar os reatores, em meio a uma seca prolongada que afligia a região. Era angustiante pensar que, enquanto a usina operava com seu apetite voraz por água, os moradores locais enfrentavam dificuldades para ter acesso ao líquido vital em suas próprias casas.

Um grupo de manifestantes reunidos nas proximidades da usina fazia eco às preocupações de Denis. Eles carregavam cartazes pedindo uma transição para fontes de energia mais sustentáveis e uma distribuição equitativa dos recursos hídricos. Denis se juntou a eles, sentindo uma sensação de unidade em relação a essa causa urgente.

No entanto, a surpresa de Denis não parava por aí. Ele ficou sabendo que havia um projeto ambicioso em andamento para trazer urânio enriquecido da Amazônia, proveniente de uma vasta mina descoberta nas fronteiras com a Bolívia. Esse urânio seria transportado até a usina em construção na região amazônica para ser enriquecido e posteriormente utilizado como combustível nos reatores da usina próxima a São Paulo.

Essa notícia abalou ainda mais Denis. A mineração de urânio podia ter sérios impactos ambientais na Amazônia, uma região já tão fragilizada pelo desmatamento e pela degradação. Além disso, a possibilidade de transportar urânio enriquecido por longas distâncias era um risco de segurança que ele mal conseguia imaginar.

Denis percebeu que aquela usina nuclear não era apenas uma ameaça local, mas também tinha implicações amplas que afetavam várias partes do país. Ele se sentiu compelido a compartilhar essas preocupações com um público mais amplo, esperando que a conscientização pudesse inspirar mudanças em direção a um futuro energético mais seguro e sustentável.

De volta à base, descemos todos e Foster aguardava ansiosamente por uma promoção. Marquei um encontro à noite com Foster. Passeamos pelas ruas sem mencionar nada sobre o projeto. Não éramos reconhecidos, pois fazíamos parte de um grupo seleto e valorizado. Era indispensável criar oportunidades para o povo."

"O presidente Rossi precisava de apoio contínuo. Com minha ajuda, notei que ganhava confiança absoluta do grupo. Foster sabia que minhas palavras eram em nome do presidente. Começamos o projeto, utilizando a segurança científica. A indústria utilizaria urânio para testes e fabricação de máquinas movidas pela energia do futuro. A situação do mundo dependia da natureza, e as pessoas dependiam das facilidades. Aqueles que criassem fontes de facilidades teriam uma independência."

"Conforme combinado, fui para a casa de Foster. A casa estava toda iluminada, com flores e vegetação verde nos muros, tendo um valor sentimental. Foster estava na varanda, ao lado da casa. Fui direto falar com ele."

"Agora nos que faremos história" disse Foster

"Estou muito impressionado, mas estamos indo contrário ao planejado quando reunimos os melhores cientistas do Brasil e do mundo para mudar a história do uso energético no Brasil e no mundo" disse Denis

"Falar sobre nossos problemas não adianta! Fui internado em um sanatório por causa do meu estado mental." Disse Foster.

"O que te faz entrar em uma depressão tão profunda? Acalme-se, Foster." Disse Denis.

"Não me importo de chorar na frente de outro homem ou mulher. Nada vale tanto quanto meu sofrimento, nem mesmo eu mesmo." Disse Foster.

Foster era um cientista renomado e dedicado que trabalhava no Instituto Nacional de Pesquisas Espaciais (CNPQ). Sua carreira sempre foi pautada pela busca do conhecimento e pela preocupação com o bem-estar do planeta. Ele havia se destacado por seu compromisso com a pesquisa em energias renováveis e pela conscientização sobre os impactos ambientais das atividades humanas.

No entanto, os ventos começaram a soprar de maneira diferente quando o governo do presidente Rossi tomou posse. O presidente tinha uma visão ambiciosa e controversa em relação à energia nuclear e suas ambições de construir uma usina nuclear na região próxima a São Paulo. A usina de enriquecimento de urânio na Amazônia era sigilosa.

Foster logo se encontrou em uma posição delicada. Ele acreditava firmemente que esses projetos não eram a direção certa para o país, dadas as preocupações ambientais e de segurança associadas. No entanto, como funcionário público do CNPQ, ele sabia que sua posição estava em risco. As pressões vindas do governo e da alta administração do CNPQ se intensificaram, deixando claro que ele deveria se alinhar aos planos do presidente Rossi ou enfrentar consequências graves.

O dilema de Foster se tornou ainda mais complexo quando ele considerou as implicações para sua família. Ele tinha filhos pequenos e dependentes financeiramente. Perder seu cargo e emprego no CNPQ significaria não apenas a perda de sua paixão profissional, mas também a incapacidade de sustentar sua família da maneira que eles mereciam.

Com o coração pesado, Foster cedeu às pressões e começou a contribuir com o projeto do governo. Ele estava ciente de que estava comprometendo seus próprios princípios e valores, mas sentiu que não tinha outra escolha realista. Ele começou a trabalhar nos aspectos científicos do projeto da usina nuclear, mesmo que isso o fizesse sentir que estava traindo sua própria integridade.

Cada dia de trabalho nesse novo caminho era uma batalha interna para Foster. Ele tinha que lidar com a culpa e a sensação de traição, mas também tentava justificar suas ações pelo bem de sua família. Ele sabia que estava em um jogo de poder muito maior, onde as vozes individuais muitas vezes eram silenciadas pelo interesse do governo.

Enquanto ele continuava seu trabalho na sombra, Foster ansiava por uma mudança de direção, esperando que um dia pudesse encontrar uma maneira de equilibrar sua ética profissional com as necessidades de sua família e com a realidade política que o cercava.

Denis tentava consolar Foster.

"Você quase me convenceu de que estava louco/ mas agora vejo os verdadeiros motivos da usa mudança com relação ao projeto!" disse Denis.

"Bela palavra para me descrever. De certa forma tudo isso e uma loucura diante da situação do mundo!" disse Foster.

"Entramos um pouco em seu sofrimento. E difícil imaginar o que está passando!" disse Denis.

"Meu Deus! Nunca pensei em chegar a esse estado e voltar tão rápido. Ninguém nunca me pressionou tanto! Sempre tiveram medo de me deixar completamente louco com este jogo duplo e secreto!" disse Foster.

"Limpe seu rosto." Disse Denis entregando um lenço de papel.

"Então eu pareço um louco, não é? Você vê como estou vulnerável? As dificuldades são enfrentadas, mas elas nunca param de ressurgir" disse Foster.

"Você não tem coisas mais importantes para fazer e continuar seu trabalho daqui para frente?" perguntou Denis.

"Meu trabalho, minhas habilidades desaparecem quando meu ser está em agonia. Eu tenho uma boa razão!" disse Foster.

"Apenas para fazer essas tormentas eternas desaparecerem. O passado não pode prejudicá-lo se não tiver mais nada a ver com ele" sugeriu Denis.

"Eu tenho muitas conexões. Problemas tão eternos quanto minha própria vontade. Eles persistem até acabarem comigo!"

Denis estava compreendendo como o trabalho científico e pesquisa podia levar as pessoas ao extremo nível de estresse já que Gurgel também apresentava sintomas de problemas mentais como esquizofrenia e depressão.

"Você já tentou descobrir as origens desse transtorno?" perguntou Denis.

"É uma luta inacabada para encontrar uma paz, mas do jeito que sou pressionado e difícil relaxar ultimamente!" disse Foster

A Sra. Foster se aproximou, percebendo que a conversa estava progredindo de forma surpreendente para ela.

"Venham tomar alguma coisa." Disse ela.

'Estou precisando! Vamos também!" Disse Foster.

Saindo da varanda escura para a sala toda iluminada, meus olhos ficaram ofuscados por um momento. Eu bebia para me conectar com as pessoas. Lá estavam sua filha Joyce e seu noivo Junior. Senti que precisava conversar com Junior. Ultimamente, muitos diálogos me cercaram. Esse poderia ser o último ou o começo de muitos outros. Cada pessoa do meu ambiente aparecia em seu próprio tempo. Piberton, Barner e Junior estavam falando. As mulheres pareciam indiferentes ao meu propósito; eu não estava tentando mudá-las. Nós dois saímos.

"Foster nunca me disse que tinha uma filha noiva antes de eu vir aqui."

"Pareceu-lhe uma surpresa boa?" perguntou Junior.

"Sim, eu vinha aqui para conversar com Foster e não sabia" disse Denis.

Denis tinha uma queda pela filha de Foster Joyce anteriormente.

Denis estava na varanda da casa, olhando para o horizonte enquanto pensava nas preocupações que vinham assombrando sua mente. Ele estava tão imerso em seus pensamentos que mal percebeu quando Joyce se aproximou. Ela quebrou o silêncio:

"Oi, Denis. Parece que está pensando em algo bem profundo."

"Oh, Joyce, não tinha percebido que você estava aqui. Sim, estava apenas divagando sobre algumas coisas." Disse Denis surpreso.

"Com certeza. Sei como a mente pode ser um lugar cheio de reflexões. Na verdade, era isso que eu queria falar com você. Tenho admirado muito o seu trabalho, sabia?"

"Ah, obrigado, Joyce. Isso significa muito para mim. Sempre me esforço para fazer o melhor." Disse Denis com timidez.

"Tenho certeza de que sim. Sabe, eu sempre fiquei impressionada com a sua dedicação e paixão pelo que faz. É algo inspirador." Disse Joyce.

"Bem, é gentil da sua parte dizer isso. Eu apenas tento seguir minhas paixões." Disse Denis enrubescendo.

"E você faz isso de forma admirável. Sabe, Denis, sempre achei curioso como alguém tão incrível como você ainda está sozinho, sem nenhuma namorada ou companheira."

"Bem, é que... Eu tenho me concentrado muito no meu trabalho e nas minhas preocupações, acho."

"Entendo. Mas às vezes a vida nos surpreende de formas inesperadas, não é? Tenho certeza de que muitas pessoas adorariam estar ao seu lado."

"Você acha mesmo?" disse Denis sorrindo nervosamente.

"Tenho certeza. E, falando nisso, acho que é importante mencionar que eu estou noiva do Junior. Ele é uma pessoa incrível e eu estou muito feliz com ele."

"Oh, claro. Junior é um sortudo!"

"Sabe, a vida é engraçada às vezes. Talvez se as circunstâncias fossem diferentes, quem sabe, né?"

"Sim, quem sabe..." disse Denis decepcionado pois Joyce era muito atraente e Jovem.

"Enfim, a vida segue, não é mesmo? Mas saiba que sempre vou admirar você, Denis."

"Muito obrigado, Joyce. Suas palavras significam muito para mim." Disse Denis animado.

Joyce sorriu e deu um leve tapinha no ombro de Denis. Denis ficou perdido em seus pensamentos novamente, ponderando sobre as palavras de Joyce e as possibilidades que o futuro poderia trazer.

Enquanto Denis e Joyce estavam imersos em sua conversa na varanda, uma terceira figura se aproximou silenciosamente. Raquel tinha sido convidada por Foster para a mesma reunião na casa. Ela observou a interação entre Denis e Joyce e não pôde deixar de notar um certo clima diferente no ar. Seu coração apertou, e ela decidiu se aproximar, tentando disfarçar os sentimentos conflitantes que estavam surgindo dentro dela enquanto John, seu namorado estava na outra sala.

"Oi, pessoal. Espero que não esteja atrapalhando nada." Disse Raquel.

"Raquel! Claro que não, você não está atrapalhando. Venha, junte-se a nós." Disse Denis surpreso, mas feliz.

"Olá, Raquel. Estávamos apenas conversando sobre algumas coisas." Disse Joyce educadamente.

"Entendo. Bem, não quero ser intrusa. Só queria dizer oi." Disse Raquel forçando um sorriso.

"Não seja boba, Raquel. Você nunca seria uma intrusa. Aliás, a Joyce estava falando sobre o quanto admira o meu trabalho."

"Sim, eu estava elogiando o comprometimento do Denis com suas paixões." Disse Joyce.

"Ah, sim, Denis sempre foi apaixonado por suas causas. Lembro-me dos velhos tempos..." disse Raquel olhando para Denis com um misto de emoções.

"Sim, os velhos tempos... Tantas memórias boas." Disse Denis olhando para Raquel com carinho.

"Nunca realmente esquecemos a paixão e os momentos que compartilhamos, não é mesmo?"

"Não, nunca esquecemos!" disse Denis um pouco hesitante.

"Bem, acho que vou pegar algo para beber na cozinha. Com licença." Disse Joyce percebendo a atmosfera sutilmente tensa.

"É engraçado como a vida nos leva a caminhos diferentes, não é?" disse Raquel esperando até que Joyce se afastasse.

"Sim, é verdade. Às vezes, as circunstâncias nos empurram para direções que não esperávamos" disse Denis suspirando.

"Eu só quero que saiba que tudo o que vivemos no passado... isso sempre significou muito para mim."

"Você sabe que também significou muito para mim, Raquel" disse Denis olhando nos olhos de Raquel.

"Às vezes, fico imaginando como seria se tivéssemos seguido um caminho diferente..."

"Eu também!" disse Denis com sinceridade.

"De qualquer forma, a vida é feita de escolhas. E cada escolha nos moldou até aqui" disse Raquel com um olhar triste.

"É verdade. E, apesar das escolhas, estou grato por termos compartilhado aqueles momentos especiais juntos" disse Denis.

"Eu também. Bem, acho que vou me juntar a Joyce na cozinha. Vejo você depois" disse Raquel com um sorriso triste.

Raquel se afastou, deixando Denis sozinho na varanda com suas lembranças e pensamentos. O encontro trouxe à tona sentimentos antigos, lembrando-os de como o passado pode ecoar mesmo quando se tenta seguir em frente.

"Percebi uma desconexão. Lembrei-me do meu próprio modo de ser."

"Vamos voltar para dentro. Eu vou voltar para a comunidade. Eles estão todos dançando.

Enquanto uma batalha maior não fosse enfrentada, era possível desfrutar momentos de paz ou abandonar os costumes para fazer parte do mundo e das situações que surgiam. Dançamos, cantamos músicas de sucesso e nos despedimos. Naquele mundo, a passagem era livre.

Conversando com Junior, não senti vontade de me envolver em questões maiores.

Veio o novo dia e o antigo Foster se foi. Ele decidiu dar um passo importante. A promoção não estava totalmente garantida. Ele, sozinho, tornaria os cientistas mais lentos na conclusão do projeto do Ecosoft.

"A comunidade científica descobriu uma nova maneira de acelerar o desenvolvimento na implementação da indústria experimental. Precisaremos de materiais do outro lado da fronteira, na Bolívia onde as pessoas são mais simples e não possuem recursos." Disse Foster.

"Eu irei com roupas civis e um caminhão para trazer a maior quantidade possível de urânio. Temos um caminhão especial que protegerá muito bem o material. Tive uma melhora significativa, o que será uma surpresa para minha família e Denis.

Ao longo da história, homens maus foram combatidos. Foster sentia-se mal por fazer este trabalho duvidoso, mas é uma recompensa que vale a pena.

Foster foi até o aeroporto e pegou um jatinho particular para a Amazonia com fronteira com a Bolívia onde uma parte da mina de urânio se localizava.

Ele saiu com o caminhão da base na Amazonia onde ficava a usina de enriquecimento de urânio, juntamne4te com alguns guardas sem ser notado e percorreu vários quilômetros até chegar à fronteira sem dificuldades.

"Até agora, tive muita sorte. O mundo parece ter parado para que eu cumpra meu destino. Já enfrentei muitas dificuldades para obter muito menos. Para ter sucesso de forma honesta, basta ser esperto e afastar-se da opinião sincera das pessoas ao redor. Minha consciência me acusa pelo ato, embora esteja dentro das leis; nada me faz mudar. Se eu pudesse me convencer, talvez voltasse atrás e retomasse a luta de anos sem vitórias consecutivas.

As diferenças preenchem as possíveis razões pelas quais os seres parecem semelhantes, além disso, quase sempre contam a mesma história; no final, todos lutam para defender sua sobrevivência, e alguns se convencem disso, sendo esse o caminho mais correto, por utilizar métodos semelhantes devido à existência.

Os dois governos entraram em conflito uma vez. Como a mina estava próxima à fronteira, Rossi e o outro presidente discutiram. A mina realmente pertencia ao presidente local. Rossi tentou dificultar as coisas, pois ficou surpreso com a grande popularidade alcançada pelos métodos utilizados pelo presidente Javier na Bolívia. Novas discussões estavam nos planos de Foster. Javier colocaria a culpa em Rossi e, sem poder responder pelo seu povo, estaria indefeso.

Saí dali em direção à mina. Ambos evitavam as tropas, pois havia uma grande diferença de poder. Rossi destruiria os sistemas de segurança se fosse preciso. Isso favorecia a obtenção de mais riquezas pessoais para ele.

CAPÍTULO TREZE

INOVAÇÃO PARA O FUTURO

Os cientistas continuavam a desenvolver soluções inovadoras, incluindo tecnologias limpas, práticas agrícolas sustentáveis e novos tratamentos médicos baseados na biodiversidade brasileira. Eles demonstravam como essas inovações podiam melhorar a qualidade de vida das pessoas e criar um futuro mais promissor.

Com um sentido renovado de propósito e colaboração, a equipe de cientistas mergulhava em um período de intensa criação e experimentação, enquanto o projeto da usina de enriquecimento de urânio continuava progredindo em segredo.

Eles se reuniram em um laboratório improvisado no coração da floresta amazônica, onde estavam desenvolvendo inovações para impulsionar um futuro sustentável. A Dra. Luísa liderava a equipe na criação de tecnologias para limpar rios poluídos, enquanto o Dr. Carlos desenvolve dispositivos de energia solar adaptados ao ambiente tropical.

No entanto, as expectativas e a pressão aumentavam à medida que eles se esforçavam para transformar suas ideias em realidade. A Dra. Sofia enfrentava desafios ao tentar isolar e sintetizar uma substância marinha com potencial médico, enfrentando uma série de obstáculos técnicos e científicos. Enquanto isso, o Dr. Rafael lidava com a impaciência dos moradores locais que esperam ver resultados concretos de suas iniciativas de conservação.

No auge da tensão, um incêndio acidental ameaça destruir o laboratório e anos de pesquisa. A equipe trabalha incansavelmente para conter as chamas, e o incidente serve como um lembrete poderoso dos riscos que enfrentam na busca por um futuro melhor. A Dra. Ana lidera o esforço para salvar as amostras valiosas, enfrentando o medo de perder o progresso que eles haviam conquistado até agora.

As chamas se erguiam vorazmente no horizonte da Amazônia, uma visão desoladora de destruição que parecia desafiar qualquer tentativa de controle. A área da floresta tropical estava sendo consumida por um incêndio criminoso, supostamente causado por agricultores da região que buscavam expandir suas terras para cultivo de gado e agricultura. Enquanto o fogo se aproximava perigosamente das instalações dos cientistas na região, Denis, Raquel e a Dra. Ana estavam diante de um dilema urgente.

"Isso está ficando fora de controle rapidamente. Precisamos fazer algo para conter as chamas antes que cheguem até as instalações" gritou Denis preocupado.

"Concordo, Denis. Isso é um desastre ambiental. Precisamos agir rápido" disse Raquel olhando para o fogo com angústia.

"Vamos nos dividir. Denis, pegue os extintores e tente criar uma barreira de fogo. Raquel, vamos buscar qualquer suprimento de água que pudermos encontrar. Precisamos agir agora" disse Dra. Ana olhando para a destruição com determinação.

"Certo. Vou fazer o meu melhor para conter o fogo. Vamos lá!" disse Denis: pegando os extintores.

Raquel e a Dra. Ana partiram em direções opostas, determinadas a encontrar água para combater as chamas. Denis enfrentava as labaredas, descarregando os extintores nas áreas onde o fogo estava se aproximando das instalações.

"Aqui está a água!" disse Dra. Ana: voltando com baldes de água enquanto os demais funcionários ajudavam a usar mangueiras e o estoque de aguar para proteger o acampamento.

"Também trouxe água. Precisamos agir rápido, antes que o fogo se espalhe ainda mais" disse Raquel voltando com galões de agua.

Denis, Raquel e a Dra. Ana trabalhavam freneticamente, usando extintores, baldes e galões de água para tentar conter as chamas que avançavam. O calor era intenso, e a fumaça tornava a respiração difícil. Enquanto lutavam contra o fogo, suas conversas eram interrompidas pelo som das chamas crepitantes e pelos estalos das árvores queimando.

"Temos que nos manter firmes! Precisamos proteger nossas instalações e impedir que o fogo se alastre ainda mais." Disse Dra. Ana gritando para ser ouvida.

"Estamos fazendo o que podemos, mas isso é uma tarefa enorme" disse Raquel ofegante.

"Não podemos desistir. Precisamos conter isso" disse Denis tossindo por causa da fumaça.

À medida que lutavam contra o fogo, o drama se desenrolava diante deles. O incêndio estava fora de controle, e o tempo era crucial. Eles continuavam a enfrentar o desafio com determinação, unindo forças para proteger não apenas suas instalações, mas também um pedaço valioso da Amazônia e seu ecossistema único.

A cada jato de água, a cada balde despejado, eles enfrentavam o fogo com uma mistura de desespero e coragem. Enquanto as chamas diminuíam lentamente, a exaustão e a angústia marcavam seus rostos. O drama do incêndio criminoso deixou uma marca profunda em cada um deles, reforçando a urgência de proteger e preservar a preciosa biodiversidade da floresta amazônica.

O ranger das chamas e o crepitar do fogo continuavam a ecoar na área devastada pela floresta em chamas. Denis, Raquel e a Dra. Ana estavam exaustos, mas ainda se esforçavam para conter o incêndio, quando um estrondo ecoou pela região. Uma árvore queimada, enfraquecida pela destruição causada pelo fogo, cedeu sob seu próprio peso e caiu abruptamente. O impacto foi avassalador, e todos correram para ver o que havia acontecido.

"Meu Deus, o que foi isso?" disse Dra. Ana com voz angustiada.

"Uma árvore caiu. Precisamos verificar se alguém se machucou" disse Denis olhando horrorizado.

"Vamos com cuidado. Podemos não ter a visão clara por causa da fumaça" disse Raquel preocupada.

Os três se aproximaram cautelosamente do local onde a árvore caída repousava, uma combinação de medo e tristeza nos olhos. Quando chegaram perto o suficiente para ver o que havia acontecido, a devastação se tornou aparente. Um dos funcionários, que estava ajudando no esforço de combate ao fogo, estava preso sob os destroços da árvore.

"Não... não pode ser!" disse Dra. Ana com lágrimas nos olhos.

"Isso é terrível. Precisamos ajudá-lo, rápido" disse Denis: com voz embargada.

"Meu Deus, não acredito no que estou vendo" disse Raquel colocando a mão sobre a boca, chocada.

Eles correram até o local onde o funcionário estava preso, mas a cena era desoladora. Não havia muito que pudessem fazer. A árvore caída era pesada demais para ser movida rapidamente, e os esforços deles para tentar resgatar o funcionário foram em vão. O silêncio pesado era interrompido apenas pelo som das chamas ao redor.

"Não há nada que possamos fazer... Nada..." disse Dra. Ana chorando.

"Ele estava aqui ajudando, e agora..." disse Denis com um nó na garganta.

"É uma tragédia. Nós não podemos nem o ajudar, não é?" disse Raquel segurando as lágrimas.

"Não. A área está perigosa demais. Não podemos arriscar mais vidas" disse Dra. Ana soluçando.

A tristeza se instalou profundamente entre eles. O luto pela perda do funcionário era acompanhado pela sensação de impotência diante do cenário caótico e perigoso ao redor. Eles permaneceram ali por um tempo, compartilhando o pesar silencioso por um colega que havia perdido a vida enquanto tentava proteger a floresta que tanto amavam. O incêndio se tornara não apenas uma destruição física, mas uma tragédia humana que os marcaria para sempre.

A trágica morte do funcionário sob a árvore caída foi um golpe doloroso para todos os envolvidos na luta contra o incêndio na Amazônia. A cena silenciosa e desoladora servia como um lembrete sombrio de que ninguém estava verdadeiramente a salvo das consequências das mudanças climáticas e dos efeitos da destruição da natureza.

Enquanto o grupo estava reunido, olhando para o local do acidente com olhos carregados de tristeza e choque, um sentimento de urgência tomou conta deles. Eles viram em primeira mão como as ações humanas, como o desmatamento e a busca por expansão agrícola, podiam desencadear tragédias inimagináveis. O incêndio tinha se tornado uma metáfora viva das consequências nefastas das atividades humanas sem consideração pelo equilíbrio natural.

"Essa perda é uma lembrança dolorosa de que estamos no meio de uma crise muito maior do que podemos imaginar" disse Denis com voz baixa e triste.

"As mudanças climáticas estão afetando todos nós, não importa onde estejamos ou o que façamos" disse Raquel olhando para a floresta queimada.

"O que aconteceu aqui é uma prova clara de que a destruição da natureza tem consequências devastadoras para todos os seres vivos" disse a Dra. Ana com olhos marejados.

A tragédia os uniu em um sentimento de solidariedade e compromisso em relação à proteção do meio ambiente. Enquanto o incêndio continuava a queimar, eles se sentiram mais determinados do que nunca a continuar lutando, não apenas contra as chamas, mas também contra a indiferença e a exploração que contribuíram para essa crise.

"Precisamos fazer mais para educar as pessoas sobre a importância de cuidar do nosso planeta" disse Denis olhando para as chamas.

"E pressionar por mudanças reais em políticas e práticas que estão causando esses danos" disse Raquel com firmeza.

"Se não agirmos agora, mais vidas serão afetadas, assim como a vida deste colega" disse a Dra. Ana lutando contra as lágrimas.

Enquanto o incêndio rugia ao redor deles, suas palavras ecoaram no ar como um chamado à ação. A morte do funcionário se tornou uma dolorosa lembrança de que a natureza é intrinsecamente interconectada, e as escolhas que fazemos hoje têm um impacto profundo nas vidas das gerações futuras. Cada chama que dançava no ar era um lembrete de que a luta pela preservação do meio ambiente era mais urgente do que nunca.

As relações entre os cientistas continuam a se fortalecer. A Dra. Marta encontrou inspiração em um jovem biólogo marinho que compartilha seu entusiasmo pela conservação. Eles colaboram em um projeto de educação ambiental para as escolas locais, transmitindo sua paixão para a próxima geração.

A Dra. Sofia, após inúmeras tentativas e fracassos, finalmente faz uma descoberta crucial que a leva a uma solução para a substância que estava tentando sintetizar. Sua perseverança e determinação são celebradas pela equipe, que agora vê o potencial de sua pesquisa para revolucionar a medicina.

Denis e Raquel estava cada vez mais juntos no proposito de mudar a realidade brasileira. Denis se sentia culpado em não ter contado a respeito da usina de enriquecimento de urânio ainda para todos os cientistas.

A equipe apresentava suas inovações a uma audiência global em um evento científico de renome. As soluções que desenvolveram para problemas ambientais e de saúde impressionaram os presentes e inspiraram outros cientistas a se unirem à causa. A jornada de superação e inovação que eles percorreram até agora reforçava a mensagem de esperança e progresso, mostrando que com dedicação e criatividade, era possível criar um mundo melhor.

CAPÍTULO QUATORZE

UNINDO FORÇAS CONTRA A TEMPESTADE

O mundo enfrentava uma crise climática sem precedentes. As transformações climáticas aceleradas causavam extremos cada vez mais severos: ondas de calor letais, secas prolongadas, enchentes devastadoras, tornados e furacões cada vez mais intensos. A pressão sobre os cientistas para encontrar soluções naturais para esses desafios se intensificava.

Enquanto isso, o Brasil emergia como um dos principais centros de pesquisa, com sua rica biodiversidade e ecossistemas diversos oferecendo um terreno fértil para soluções inovadoras. As equipes de cientistas das universidades UNICAMP, USP, UFPR, UFRGS e UFAM intensificavam seus esforços para encontrar maneiras de mitigar os impactos das mudanças climáticas, protegendo a biodiversidade e proporcionando uma vida melhor para as populações afetadas.

No entanto, à medida que o Brasil se tornava um farol de esperança para o mundo, a competição e os interesses escusos também surgiam. Espiões russos e chineses infiltraram-se nas equipes de pesquisa brasileiras, com a intenção de roubar ideias e tecnologias. A princípio, eles buscavam minar os esforços do Brasil, prejudicando o avanço das pesquisas em andamento.

Confrontados com a descoberta dos espiões, a equipe de cientistas brasileiros experimentou uma mistura de choque e raiva. No entanto, em vez de se renderem ao desânimo, eles decidiram transformar essa ameaça em uma oportunidade. A Dra. Ana convocou os líderes das equipes russa e chinesa para uma reunião, em um gesto audacioso para resolver o conflito de maneira pacífica.

Durante essa reunião tensa, ficou claro que o planeta estava à beira de um abismo ambiental, e que o orgulho nacional e rivalidades não tinham mais lugar nesse cenário crítico. As imagens compartilhadas de regiões atingidas por eventos climáticos extremos ao redor do mundo tocaram os corações dos presentes. A Dra. Sofia, representando o Brasil, compartilhou as histórias de comunidades locais que estavam sofrendo com as mudanças climáticas, dando um rosto humano às estatísticas preocupantes.

Começaram a reunião logo cedo assim que souberam da tentativa de obter o resultado de pesquisas que eram confidenciais.

"Bem, senhores, agradeço por terem concordado em se reunir conosco para discutir essa situação delicada. Como todos sabemos, os recentes eventos relacionados à tentativa de roubo de segredos científicos adquiridos nas pesquisas no CNPq são motivo de grande preocupação."

"Dra. Ana, permita-me expressar nossas sinceras desculpas por esse incidente lamentável. Não só entendemos a gravidade do que ocorreu, mas também compreendemos a importância da colaboração internacional em questões científicas" disse o Chefe da Equipe Russa:

"Concordo plenamente. Nossos cientistas envolvidos nesse ato imprudente agiram de forma inaceitável. Queremos assegurar-lhe que isso não reflete os valores nem os objetivos de nossa equipe, nem dos pesquisadores de nosso país como um todo" Chefe da Equipe Chinesa.

"Agradeço por suas palavras, e entendo que situações como essa podem surgir até mesmo entre nações que normalmente colaboram. No entanto, quero ressaltar que as descobertas científicas que estamos fazendo no CNPq são de importância crítica para enfrentar os desafios globais que todos enfrentamos."

"Dra. Ana, é importante que saiba que nosso país também não está imune aos impactos das mudanças climáticas. Vimos regiões inteiras enfrentarem eventos climáticos extremos, afetando nossas comunidades e recursos naturais" disse o Chefe da Equipe Russa.

"Exatamente, e na China, também testemunhamos a devastação causada por desastres naturais exacerbados pelas mudanças climáticas. As inundações, secas e outros eventos têm causado sofrimento considerável à nossa população." Disse o Chefe da Equipe Chinesa.

"Agradeço por compartilharem essas informações conosco. É um lembrete poderoso de que, apesar de nossas diferenças, compartilhamos uma responsabilidade comum para com a humanidade. As pesquisas que realizamos podem ser cruciais para mitigar esses impactos e construir um futuro mais sustentável" disse a Dra, Ana.

"Dra. Ana, eu gostaria de pedir desculpas pessoalmente. Fui influenciado por ambições equivocadas e acabei agindo de maneira prejudicial. Meu nome é Ivan Petrov, e estou profundamente arrependido pelo meu papel nesse incidente" disse o cientista Russo.

"Também devo assumir minha responsabilidade. Meu nome é Li Wei, e compreendo agora o erro grave que cometi. Peço desculpas a todos os envolvidos e me coloco à disposição para corrigir essa situação da melhor forma possível" disse o cientista Chinês.

"Agradeço a vocês, Ivan e Li Wei, por mostrarem integridade ao assumirem a responsabilidade por suas ações. Suas palavras são um passo significativo em direção à reparação das relações e à garantia de que possamos avançar juntos para um futuro mais positivo" disse a Dra. Ana.

"Concordamos em colaborar incondicionalmente com o CNPq e com as equipes científicas envolvidas em projetos relevantes para enfrentar as mudanças climáticas e seus impactos" disse o chefe da equipe Russa.

"Sim, estamos prontos para oferecer toda a assistência possível, compartilhar nossos próprios conhecimentos e recursos para contribuir para soluções eficazes" disse o chefe da equipe Chinesa.

"Agradeço a ambos por suas palavras e compromissos. Juntos, podemos transformar esse incidente negativo em uma oportunidade para fortalecer nossa colaboração em prol de um mundo mais seguro e sustentável" concluiu a Dra. Ana.

Eles reconhecem a importância de seus esforços conjuntos, superaram as diferenças e se comprometeram a colaborar para abordar os desafios globais das mudanças climáticas.

A realidade sombria à vista uniu as equipes de pesquisa. As nações concordaram em colocar de lado suas rivalidades e compartilhar conhecimentos e recursos para enfrentar os desafios climáticos globais. A competição deu lugar à colaboração, e as ideias e tecnologias que antes eram roubadas agora eram compartilhadas abertamente.

Juntas, as equipes russa, chinesa, brasileira entre outras desenvolveram soluções inovadoras. Eles criaram uma rede de sensores climáticos globais para prever eventos climáticos extremos com antecedência, permitindo que as comunidades se preparassem. Eles desenvolveram tecnologias de dessalinização de água para fornecer água potável a regiões afetadas pela seca. Eles colaboraram na pesquisa de culturas resistentes às mudanças climáticas para combater a fome.

As equipes olhavam para um horizonte onde as fronteiras nacionais se desvanecem diante da unidade da humanidade. A colaboração global para enfrentar a crise climática se tornava uma poderosa mensagem de esperança e progresso. As rivalidades do passado não desapareceram completamente, mas a compreensão mútua e a visão de um futuro sustentável uniram as nações em um esforço conjunto para proteger o planeta.

Momentos de tensão foram criados pela competição, mas também a força da cooperação global se destacou. A mudança de perspectiva das nações envolvidas, a transformação dos conflitos em colaboração e a mensagem de esperança e progresso por meio da união das mentes brilhantes de diferentes partes do mundo prevaleceu além das fronteiras criadas pelo homem.

CAPÍTULO QUINZE

A AMEÇA RADIOATIVA NA AMAZÔNIA

Os cientistas embarcam em uma expedição à Amazônia, explorando sua biodiversidade e riqueza natural. Eles trabalhavam para entender como utilizar esses recursos de maneira sustentável, visando melhorar a vida dos habitantes locais e contribuir para a economia do país.

A equipe de cientistas partiu em uma jornada emocionante em direção à exuberante floresta amazônica. Enquanto seus barcos navegavam pelo rio Amazonas, o Dr. Miguel, um etnobotânico da UFAM, contou histórias sobre as comunidades indígenas que viviam em harmonia com a natureza há séculos. Os cientistas sentiam uma mistura de reverência e responsabilidade diante da grandeza da floresta.

Na correnteza serena do rio Amazonas, o barco dos cientistas Denis, Raquel e sua equipe cortava as águas tranquilas em direção a uma comunidade indígena afastada e isolada. As margens verdes e exuberantes da floresta tropical se estendiam até onde os olhos podiam alcançar. Chegaram finalmente à comunidade, onde as casas feitas de palha e bambu se misturavam com a paisagem circundante. As pessoas da tribo iam e vinham, ocupadas com suas atividades diárias de pesca, agricultura e preparação dos alimentos.

Denis e Raquel desembarcaram do barco, cercados por curiosos da tribo, e logo foram saudados pelo chefe da comunidade, um homem idoso de nome Aruká. Ele os cumprimentou com um sorriso caloroso e expressou sua gratidão por sua visita.

As crianças rodeavam os visitantes e carinhosamente Raquel falava com eles e deu alguns presentes que trouxeram para elas.

Eles foram para dentro de uma cobertura onde sentaram a beira de uma fogueira acesa onde uma comida típica se mantinha aquecida para eles e se sentaram ao redor do fogo em bancos feitos de madeira.

"Olá, sou Denis, e esta é a minha colega Raquel. Viemos aqui para aprender sobre o modo de vida da sua tribo e compartilhar conhecimentos, se possível."

"É uma honra estar aqui. Estamos ansiosos para ouvir sobre suas tradições e a relação da sua tribo com a natureza" disse Raquel amigavelmente.

"Bem-vindos, Denis e Raquel. Sou Aruká, chefe da tribo Miriti. Nossa tribo vive nestas terras há séculos, em harmonia com a natureza que nos sustenta. O rio Amazonas é nossa fonte de vida, a floresta nos provê abrigo e alimento, e a terra é como nossa mãe."

"É incrível ver como vocês conseguem viver em equilíbrio com o ambiente ao seu redor. Como vocês conseguem manter essa harmonia?" perguntou Denis.

"Aprendemos com nossos ancestrais a respeitar a natureza como um espírito vivo. Cada ação que realizamos na floresta ou no rio é feita com consideração pela Mãe Terra. Plantamos apenas o que precisamos, colhemos com gratidão e garantimos que nossas atividades não causem danos duradouros" disse Aruká com serenidade.

"É uma filosofia realmente admirável. Devemos aprender muito com essa sabedoria" disse Raquel impressionada.

"No entanto, nossos modos de vida estão ameaçados. Há uma usina sendo construída nas proximidades que pode prejudicar nosso rio e nossa pesca. Essa ameaça nos preocupa muito, pois nossa maneira de viver depende diretamente do rio e da floresta" disse Aruká preocupado.

"Não tínhamos conhecimento dessa usina. Lamentamos profundamente essa situação. Faremos o possível para ajudar" disse Denis envergonhado de não ter contado para Raquel ainda sobre a usina.

"Agradeço por sua disposição em ajudar. Nossa conexão com a natureza é profunda, e estamos dispostos a lutar para proteger nosso modo de vida. Cada árvore, cada animal, cada gota d'água é essencial para nós" disse Aruká:

Aruká tinha um sotaque do dialeto de sua tribo.

"Estamos do seu lado nessa luta. Vamos trabalhar juntos para encontrar maneiras de preservar seu modo de vida e a riqueza natural desta região" disse Raquel.

"Suas palavras nos trazem alívio. Com união e compreensão, podemos enfrentar os desafios que estão por vir. Agradeço por estarem dispostos a ouvir e aprender com nossa tribo" disse Aruká com esperança.

E assim, Denis, Raquel e a tribo Miriti continuaram a conversar, compartilhando conhecimentos e experiências. A comunidade indígena transmitiu sua sabedoria ancestral sobre a relação profunda entre o ser humano e a natureza, enquanto os cientistas ofereceram suas habilidades para encontrar soluções para os desafios que se apresentavam.

Juntos, eles buscaram um caminho para proteger a harmonia entre o homem e a terra, para que as gerações futuras pudessem continuar a viver em sincronia com o espírito vivo da Mãe Terra.

Após a profunda conversa com o chefe Aruká e os outros membros da tribo Miriti, Denis, Raquel e sua equipe foram convidados a fazer um "tour" pela aldeia, para experimentar de perto o modo de vida e a beleza daquela comunidade indígena no coração da Floresta Amazônica.

Aruká liderou o grupo, começando pelo centro da aldeia, onde as casas feitas de palha e bambu se espalhavam entre as árvores. As moradias possuíam um design simples e funcional, integrando-se perfeitamente à natureza circundante. Cada casa era cercada por vegetação exuberante, evidenciando o respeito da tribo pela terra que os sustentava.

Enquanto caminhavam, os cientistas e os membros da tribo se misturavam, compartilhando risos e histórias. A vestimenta dos indígenas era minimalista, muitos vestiam pouca roupa, usando trajes tradicionais que revelavam a simplicidade e a adaptação ao ambiente tropical. A nudez não era motivo de constrangimento, mas sim uma expressão da ligação intrínseca com a natureza.

Enquanto exploravam a aldeia, puderam ouvir o canto melódico dos pássaros coloridos que voavam livremente pela região. Suas penas vibrantes se destacavam contra o verde intenso da floresta, criando um espetáculo de cores que parecia se misturar com o arco-íris de sons da natureza.

O sol radiante derramava sua luz dourada por entre as folhas das árvores, pintando a aldeia com um brilho mágico. Atravessando clareiras, vislumbravam os canteiros onde os indígenas plantavam suas culturas, uma prova do equilíbrio delicado entre as atividades humanas e a preservação da natureza.

À medida que o grupo avançava, chegaram à beira do majestoso Rio Amazonas. Sua vastidão era impressionante, as águas correntes refletindo o céu claro e fundindo-se com a selva ao longe. Era um testemunho do poder e da importância desse rio na vida da tribo Miriti e de muitas outras comunidades ao longo de suas margens.

"Este é o coração da nossa existência, o Rio Amazonas. Ele nos dá vida, alimento e nos conecta com outras tribos ao longo de suas margens. Cuidamos dele como cuidamos de nós mesmos" disse Aruká com gratidão.

"É realmente impressionante. A magnitude dessa paisagem e a riqueza de sua cultura são de tirar o fôlego" disse Denis surpreso com a largura do rio Amazonas.

"Estamos honrados por compartilharem isso conosco. Aprendemos muito com a sabedoria de vocês" disse Raquel.

Enquanto o sol continuava a brilhar, a jornada pelo coração da aldeia Miriti continuou, permeada pela sensação de reverência pela natureza e pela profunda conexão entre a tribo e sua terra. À medida que a tarde se transformava em pôr do sol, o grupo retornou à aldeia, carregando consigo lembranças vívidas de um dia repleto de aprendizado, beleza e inspiração.

À medida que o tempo passava, as intenções do presidente Rossi começaram a se revelar de maneira conflitante com a direção inicialmente estabelecida para o desenvolvimento sustentável do Brasil. Aquilo que parecia uma busca conjunta por um futuro mais verde e equitativo estava tomando uma reviravolta obscura.

Os cientistas que faziam parte do projeto Ecosoft e do esforço para usar energias alternativas e transformar o cerrado brasileiro, juntamente e com o uso sustentável da biodiversidade brasileira eram mantidos alheios às verdadeiras motivações de Rossi.

O presidente havia, na verdade, mentido sobre o propósito de enviar um grupo de cientistas à Amazônia, mais precisamente na região de fronteira com a Bolívia. O local não estava sendo explorado para soluções sustentáveis, mas sim para o início da produção de enriquecimento de urânio na Amazonia, porque foi encontrado uma grande reserva de urânio na região próxima com a fronteira da Bolívia.

A Bolívia fazia fronteira com o Brasil na região da Floresta Amazônica. A fronteira entre esses dois países sul-americanos era uma das extensas e diversas linhas fronteiriças na região amazônica. Ela abrange uma área de selva tropical densa, rios e ecossistemas únicos. Ambos os países compartilham essa fronteira e fazem parte da complexa rede de nações que dividem a Amazônia, uma das regiões mais biodiversas e críticas do planeta.

O Rio Amazonas corria até a fronteira entre a Bolívia e o Brasil. O Rio Amazonas é um dos rios mais longos e volumosos do mundo, e ele atravessa vários países da América do Sul, incluindo o Brasil e a Bolívia. A fronteira entre esses dois países era atravessada pelo Rio Amazonas em seu percurso.

O Rio Amazonas nasce nos Andes peruanos e flui através de diversos países, incluindo Peru, Colômbia e Brasil, antes de atingir a fronteira entre o Brasil e a Bolívia. Na região amazônica, ele formava um complexo sistema de rios e afluentes que conectam as áreas de selva tropical de diferentes países.

A fronteira fluvial entre a Bolívia e o Brasil ao longo do Rio Amazonas era um trecho significativo dessa fronteira internacional, e a presença desse rio desempenhava um papel importante na geografia e na ecologia desses países e de toda a região amazônica, mas toda essa biodiversidade estava sendo ameaçada.

Essa direção oposta às expectativas originais deixou muitos cientistas perplexos e desiludidos, pois perceberam que seus esforços estavam sendo manipulados para servir a objetivos diferentes dos acordados. A preocupação aumentou quando eles descobriram que essa usina de enriquecimento do urânio estava sendo construída de forma acelerada, sem os devidos estudos de segurança e impacto ambiental.

Um dia, durante uma reunião no centro de pesquisas do CNPq em Manaus, O grupo de cientistas começaram a suspeitar que algo estava errado. Eles compartilharam suas preocupações:

"Algo não está batendo. As ações do presidente estão indo na direção oposta ao que tínhamos planejado inicialmente" disse Raquel.

"Eu também notei isso. Nossos esforços eram para um futuro mais sustentável e agora parece que estamos sendo usados para algo que não estava em nossos planos" disse Piberton.

"Concordo. Precisamos entender o que está acontecendo. O projeto Ecosoft era uma maneira de trabalhar para um Brasil mais verde e equitativo. Se isso está sendo desviado, precisamos saber o porquê" disse Roberto.

Conforme investigavam, os cientistas descobriram as verdadeiras intenções de Rossi. Ele estava seguindo em direção a uma política energética que incluía a produção de urânio enriquecido na Amazonia, devido ao descobrimento de uma grande reserva de urânio para uso em usinas nucleares no Brasil, apesar dos riscos e impactos associados. A usina de urânio na Amazônia tinha o potencial de causar danos significativos ao meio ambiente e à saúde das populações locais, contrariando a visão original de um futuro sustentável.

Os cientistas do CNPQ estavam reunidos no dia seguinte para debater os riscos da usina de enriquecimento do urânio.

"Bem-vindos ao debate sobre os riscos ambientais associados a uma usina de enriquecimento de urânio. Hoje temos conosco os cientistas Denis e Raquel, que vão discutir os impactos potenciais dessa atividade. Denis, você pode começar compartilhando sua visão sobre os riscos de emissões atmosféricas?" perguntou Roberto.

"Claro. As emissões atmosféricas de gases radioativos, como o hexafluoreto de urânio (UF6), são uma grande preocupação. Se esses gases não forem controlados adequadamente, podem se dispersar na atmosfera e representar um risco para a saúde humana e a vida selvagem. Além disso, podem contribuir para a contaminação ambiental em áreas próximas à usina" disse Denis.

"Concordo. Outro ponto importante é a geração de resíduos radioativos. O urânio enriquecido produz subprodutos, como o UF6 não enriquecido, que precisam ser manuseados e armazenados com extrema cautela. A contaminação do solo, da água e do ar pode ocorrer se não houver um gerenciamento adequado desses resíduos" disse Raquel.

"E não podemos ignorar o consumo de recursos hídricos. O processo de enriquecimento requer grandes volumes de água para resfriamento e operações. Em regiões já propensas à escassez de água, isso pode comprometer ainda mais a disponibilidade desse recurso vital para as comunidades locais" disse Denis.

"Isso é verdade. E, além disso, há o risco de contaminação da água. Os resíduos radioativos e produtos químicos utilizados no processo podem vazar para o solo e contaminar tanto as águas subterrâneas quanto as superficiais. Isso não apenas afeta a saúde das pessoas, mas também a biodiversidade aquática" disse Raquel.

"Exato. Além disso, o risco de acidentes é uma preocupação significativa. A manipulação de materiais radioativos aumenta a probabilidade de vazamentos ou explosões, o que poderia resultar na liberação de substâncias tóxicas no ambiente, com impactos de longo prazo" disse Denis.

"E não podemos esquecer os impactos diretos na terra e na biodiversidade. A construção e operação da usina podem levar ao desmatamento de áreas naturais e à degradação de habitats. Isso é especialmente preocupante em ecossistemas sensíveis, como a Floresta Amazônica" disse Raquel.

"Além disso, dependendo da fonte de energia utilizada para alimentar a usina, há o risco de emissões significativas de CO_2, contribuindo para as mudanças climáticas. É crucial considerar esses impactos no contexto das preocupações ambientais globais" disse Denis.

"Certo, então fica evidente que a operação de uma usina de enriquecimento de urânio traz consigo diversos desafios e riscos ambientais. A mitigação desses impactos requer rigorosos padrões de segurança, regulamentação eficaz e adoção de tecnologias de tratamento e controle. Obrigado, Denis e Raquel, por essa discussão esclarecedora sobre os riscos envolvidos" disse Roberto.

"Obrigado por nos dar a oportunidade de destacar esses pontos cruciais. É fundamental que as decisões relacionadas a usinas de enriquecimento considerem não apenas os benefícios, mas também os impactos ambientais" disse Denis.

"Exatamente, precisamos encontrar um equilíbrio entre a demanda por energia e a proteção do meio ambiente para garantir um futuro sustentável para todos" disse Raquel.

A descoberta deixou os cientistas furiosos e decepcionados. Eles sentiram que haviam sido manipulados e utilizados para um propósito que não estava alinhado com seus valores e objetivos iniciais. A confiança no presidente Rossi foi abalada, e eles começaram a discutir maneiras de resistir a esse caminho indesejado.

Denis sentindo-se muito mal por não ter compartilhado esta notícia antes para Raquel foi falar com ela em particular.

Denis: Raquel, precisamos conversar. Há algo que eu preciso te contar.

"O que é, Denis? Você parece tenso. Aconteceu alguma coisa?"

"É sobre algo que eu descobri há algum tempo, mas não tive coragem de te contar. Eu sabia da existência de uma usina de enriquecimento de urânio na Amazônia."

"O quê? Você sabia da usina de enriquecimento de urânio? Como assim? Por que você não me contou antes?"

"Eu sinto muito, Raquel. Eu sabia que isso poderia te deixar chateada, e eu não sabia como te dizer. Fiquei dividido entre a minha responsabilidade como cientista e a minha relação contigo."

"Isso é sério, Denis. Você sabia disso e escondeu de mim? Eu pensei que compartilhávamos tudo um com o outro."

"Eu sei, e eu me sinto terrível por não ter te contado. Mas ouça, há mais nessa história. Muitos cientistas foram forçados a participar da construção dessa usina. Eles os ameaçaram com a perda dos empregos se não cooperassem e até represálias piores.

"Forçados? Isso é inacreditável. Quem teve a audácia de fazer isso?"

"O chefe da nossa equipe de pesquisa no CNPq, Foster. Ele estava agindo sob pressões que eu não compreendi completamente na época."

"Foster? Eu confiava nele. E agora você me diz que ele estava envolvido nisso? Como posso acreditar em alguém depois disso?"

"Eu sei que é difícil de entender, mas muitas vidas estavam em jogo. Muitos cientistas viram suas carreiras e meios de subsistência ameaçados. As ordens vieram diretamente do presidente Rossi.

"Isso não justifica esconder algo tão importante de mim, Denis. Eu achei que éramos um time, que compartilhávamos tudo."

"Eu sei que errei, Raquel. Eu deveria ter confiado em você e te contado desde o começo. Eu me sinto péssimo por isso."

"Eu preciso de um tempo para pensar sobre isso, Denis. Isso é uma traição para mim, e eu não sei como lidar com isso agora."

"Entendo, Raquel. Eu respeito a sua decisão. Sei que minhas ações têm consequências, e se você precisar de espaço, eu entendo."

A conversa entre Denis e Raquel revelou um segredo perturbador e a falta de comunicação afetou seu relacionamento. A confiança foi abalada, e ambos os enfrentavam agora o desafio de lidar com essa situação complexa.

As decisões de Rossi haviam lançado uma sombra sobre os esforços que tinham sido feitos até então. Os cientistas perceberam que precisavam tomar medidas para reverter essa direção, proteger o meio ambiente e buscar um futuro verdadeiramente sustentável para o Brasil.

No coração da Amazônia, eles montaram acampamento e começaram a explorar a diversidade da fauna e flora. Porém, enfrentaram desafios imprevistos. Uma forte tempestade causou estragos no acampamento, destruindo suprimentos e equipamentos. A Dra. Luisa, uma engenheira ambiental da Unicamp, liderou os esforços para reconstruir e adaptar o acampamento às condições adversas.

Enquanto isso, a Dra. Rafaela sentiu-se compelida a se conectar com os moradores de uma vila próxima. A língua e a cultura eram diferentes, mas sua paixão pela botânica e as práticas tradicionais de cura permitiram que ela superasse as barreiras. Ela trocou conhecimentos e experiências com as pessoas, fortalecendo os laços entre a comunidade e a equipe de cientistas e os índios ajudaram a consertar o acampamento.

Aos poucos, a equipe começou a compreender a complexa interconexão dos ecossistemas amazônicos e a importância vital de proteger esses recursos naturais. Eles enfrentaram dilemas éticos sobre como equilibrar a exploração responsável com a preservação do meio ambiente.

Após a tempestade que se tornava cada vez mais forte com as mudanças climáticas um outro problema surgiu. Em um outro momento de tensão, a equipe enfrentou um novo incêndio florestal causado por atividades ilegais.

Eles se uniram em uma corrida contra o tempo para conter as chamas e proteger uma área preciosa de biodiversidade. O fogo queimou uma vasta área, mas a resiliência da equipe e sua dedicação à causa inspiraram os habitantes locais a se unirem à luta contra a destruição.

A equipe de cientistas não apenas superou os desafios naturais, mas também fortaleceu seus laços uns com os outros e com as comunidades locais. A Dra. Rafaela encontrou em uma anciã da vila uma mentora e amiga, enquanto o Dr. Miguel e a Dra. Luísa que eram biólogos desenvolveram uma relação de confiança e respeito mútuo.

A equipe comprometeu-se a trabalhar juntos para explorar abordagens inovadoras de conservação e uso sustentável dos recursos amazônicos. Eles aprenderam que a jornada para uma vida melhor começa com a compreensão profunda da natureza e das pessoas com quem compartilham o mundo. Ocorreu o desenvolvimento individual de cada membro da equipe durante esse tempo juntos. A integração da ciência e natureza transmitia uma mensagem de esperança e progresso através da colaboração e da compreensão mútua.

Enquanto as pesquisas eram feitas, outros grupos de cientistas estavam espalhados pelas diferentes biodiversidades do Brasil.

CAPÍTULO DEZESSEIS

O POTENCIAL SUBAQUÁTICO

Uma parte da equipe se dedicava a explorar os tesouros subaquáticos do Brasil, incluindo o litoral e os recifes de coral. Eles investigavam a biodiversidade marinha, o potencial da biotecnologia marinha e a importância da preservação dos oceanos para garantir um futuro sustentável.

A equipe de cientistas direcionou seu olhar para as riquezas subaquáticas do Brasil, mergulhando em uma nova fase de exploração. Eles partiram para a costa atlântica, onde as águas ricas em biodiversidade ofereciam um vasto potencial de descobertas. A Dra. Sofia, especialista em biotecnologia marinha da Universidade Federal do Paraná (UFPR), estava especialmente animado para explorar os recifes de coral.

No entanto, os primeiros mergulhos revelaram um cenário preocupante: os recifes de coral estavam enfrentando uma crise devido ao aumento da temperatura da água e à poluição. O Dr. Rafael, que havia testemunhado o branqueamento dos corais em primeira mão, estava determinado a encontrar soluções para preservar esse ecossistema vital.

A Dra. Sofia liderava a equipe em mergulhos profundos, coletando amostras de organismos marinhos que poderiam ter aplicações surpreendentes na medicina e na indústria.

Enquanto isso, o Dr. Carlos, especialista em engenharia ambiental da USP, focou em desenvolver tecnologias de energia limpa que pudessem ser utilizadas nas profundezas do oceano.

Dra. Sofia e Dr. Carlos haviam alugado um barco para uma expedição de mergulho no oceano. Enquanto se preparavam para entrar na água, eles notaram um pescador local que estava consertando suas redes no cais próximo.

"Olá! Parece que você conhece bem essas águas. É um ótimo dia para pescar, não é?" disse a Dra. Sofia.

"Sim, doutora! Conheço esse mar como conheço minha própria família. Cada onda, cada peixe, eles têm suas histórias para contar" disse o pescador e dono do barco Miguel.

"Isso é fascinante. Você tem uma visão muito poética do mar" disse o Dr. Carlos.

"Ah, doutor, é que o mar é nossa vida, nosso sustento. Cada pescaria é como uma dança entre nós e o oceano" disse Miguel.

"E os peixes que você captura, eles são importantes para sua família?" disse a Dra. Sofia.

"Sim, doutora. Cada peixe que pegamos é como um presente do mar. Eles nos alimentam, sustentam nossas famílias e nos conectam à natureza" disse Miguel.

Enquanto eles conversavam, a rádio do barco começou a emitir informações sobre um ciclone tropical se aproximando. O céu estava começando a ficar nublado e o mar, que antes estava tranquilo, começou a se agitar.

"Parece que teremos que encerrar o mergulho mais cedo. Um ciclone está a caminho" disse o Dr. Carlos preocupado.

"Precisamos trazê-los de volta para o barco imediatamente. A tempestade está chegando" disse a Dra. Sofia olhando para Miguel.

"Vejo isso no mar. As águas estão mudando" disse Milton olhando para o horizonte.

Eles se apressaram em recolher o equipamento e chamar os outros mergulhadores de volta ao barco. No entanto, quando tentaram se comunicar com os mergulhadores submersos através do aparelho de rádio, perceberam que havia uma falha de comunicação.

"Não estamos conseguindo nos comunicar com um dos mergulhadores. Precisamos agir rápido" disse a Dra. Sofia preocupada.

Enquanto todos entravam em pânico devido à crescente tempestade, o pescador, chamado Miguel, saltou na água sem hesitar, nadando com determinação em direção ao local onde um dos mergulhadores estava preso.

"O que ele está fazendo? Não tem equipamento de mergulho!" disse o Dr. Carlos surpreso.

Miguel nadou profundamente, segurando o fôlego enquanto lutava contra as correntes. Ele alcançou o mergulhador em apuros e conseguiu libertá-lo. Mantendo a calma, Miguel ajudou o mergulhador a subir à superfície.

"Ele é incrível! Ele conseguiu resgatar o mergulhador sem equipamento" disse a Dra. Sofia impressionada.

À medida que a tempestade se intensificava, todos a bordo do barco olharam com admiração para o pescador corajoso que havia arriscado sua vida para salvar outro. Juntos, com esforço e trabalho em equipe, eles conseguiram trazer todos em segurança de volta ao barco.

"O mar nos ensina a respeitar seu poder e sua beleza. Estou feliz por ter ajudado" disse o pescador Miguel com um sorriso cansado.

A tempestade passou, e eles voltaram para a costa, com uma nova apreciação pelo mar e pela coragem do pescador que demonstrou a conexão profunda entre as pessoas e o oceano.

A Dra. Sofia havia perdido um amigo para uma tempestade no mar anos atrás, enfrentou seus medos mais profundos com as lembranças e o trauma retornando a sua memória. No entanto, ela encontrou coragem ao olhar para seus colegas determinados e perceber que eles compartilhavam o mesmo compromisso de explorar e preservar o mundo subaquático.

Enquanto trabalhavam para desenvolver novas tecnologias para limpar os detritos dos oceanos e monitorar a saúde dos recifes de coral, a equipe se viu colaborando com pescadores locais e cientistas internacionais que compartilhavam suas preocupações. A conexão emocional entre os membros da equipe e as comunidades locais cresceu à medida que trabalhavam juntos para enfrentar os desafios.

A equipe celebrou uma série de pequenas vitórias: a recuperação de um trecho de recife de coral, a criação de um dispositivo para coleta de resíduos do oceano e a descoberta de uma nova substância promissora para tratamentos médicos. Apesar das adversidades, a mensagem de esperança se fortaleceu, mostrando que mesmo nos cantos mais profundos do oceano, o potencial para uma vida melhor poderia ser desbloqueado com dedicação e inovação.

A exploração e os desafios do ambiente subaquático, destacava o desenvolvimento pessoal da Dra. Sofia, e enfatizava a importância das relações comunitárias e a mensagem de esperança e progresso por meio da busca contínua por soluções sustentáveis.

CAPÍTULO DEZESSETE

O ROUBO DO URÂNIO

Na mina, um grupo de cientistas examinava o urânio. No lado da fronteira do Brasil com a Bolívia estava o grupo, e do outro havia semente uns guardas que já sabiam do transporte do urânio. Um caminhão que estava carregado estava de ponta cabeça na estrada do lado do Brasil. Foster encontrou o seu caminhão e, silenciosamente, foi verificar a situação. Alguns agentes do governo brasileiro que estavam juntos no comboio estavam ocupados tentando localizar o urânio entre as rochas.

"Senhores, precisamos discutir um assunto de extrema importância. Como todos sabem, o urânio que estava sob nossa supervisão na fronteira com o Brasil desapareceu!" disse Foster.

"Desapareceu? Como isso é possível? Não deveríamos ter segurança suficiente em torno desse urânio?" perguntou um dos agentes.

"Eu entendo a preocupação de todos vocês, e acreditem, eu também estou profundamente preocupado. O urânio em questão poderia ser usado para a construção de armas nucleares." Disse Foster.

"Espere um momento, você está sugerindo que o urânio foi roubado com a intenção de construir armas nucleares?" disse outro agente.

"É uma possibilidade que não podemos descartar. O desaparecimento ocorreu de forma extremamente coordenada, o que me faz acreditar que isso não foi um ato aleatório" disse Foster.

"Mas como isso poderia ter acontecido? Não deveríamos ter detectado qualquer atividade suspeita?" perguntou o agente.

"Eu sei que todos estão fazendo essas perguntas, e eu me culpo por não ter previsto algo assim. A verdade é que o urânio foi retirado com uma precisão que indica um conhecimento profundo sobre nossos sistemas de segurança" disse Foster.

"Então, estamos falando de um grupo altamente organizado e conhecedor de nossas operações: disse o agente.

"Exatamente. E isso me preocupa ainda mais. A capacidade de um grupo assim adquirir urânio enriquecido nos coloca em uma situação extremamente delicada" disse Foster.

"Mas o que podemos fazer agora? Como podemos rastrear esse urânio e garantir que ele não seja usado para fins militares?" disse o outro agente.

"Estou coordenando com agências internacionais para rastrear qualquer atividade suspeita relacionada a esse urânio. Mas a verdade é que as consequências são graves. Se esse material for usado na construção de armas nucleares, as implicações para a segurança global serão imensas" disse Foster.

"Isso significa que temos que lidar com uma crise diplomática em potencial se o urânio for rastreado até nós?" perguntou outro funcionário que acompanha Foster.

"Infelizmente, sim. Precisamos nos preparar para o pior cenário e colaborar com as agências de segurança internacional para garantir que possamos controlar essa situação da melhor forma possível" disse Foster.

O diálogo entre Foster e os funcionários do governo brasileiro refletia a preocupação e agravamento da situação diante do desaparecimento do urânio enriquecido. A possibilidade de seu uso na construção de armas nucleares trazia à tona questões de segurança global e diplomacia.

As atividades do presidente Rossi poderiam ser descobertas. Rossi estava enviando urânio enriquecido para a Bolívia e se era para uso civil ou militar os cientistas não sabiam. Ali na fronteira os guardas deixavam os caminhões do comboio passarem livremente porque foram ordenados a isso.

Havia rumores que um golpe de estado podia ser dado na Bolívia pelo atual presidente Javier. Quem ficaria sem saída seria Rossi se o fornecimento de urânio fosse descoberto e artilhado nas notícias, pois poderia até perder o seu cargo de presidente.

Cada vida exige uma parte mais valiosa. Javier estava se desenvolvendo ao obter um poder capaz de resistir a oposição política. Nada simples pode ter valor. Seguir conforme o esperado traz um destino pouco opcional. Os cientistas do lado da Bolívia não receberam o caminhão com o urânio e informaram o presidente Javier.

"Eles não estão tomando nenhuma providência. Estaremos prontos aqui. Issa terá consequências Rossi! Não sei o que está pretendendo!" disse Javier.

O fornecimento de urânio de Rossi para Javier foi cortado porque Foster que estava com a carga não chegou aonde devia ir à Bolívia.

"Esperaremos aqui. Precisamos do urânio para nossas pesquisas!" disseram os guardas da fronteira

Educar os sentidos para transformar o silêncio das letras em emoções; educar a si mesmos, seus sentidos, e criar o valor de um intérprete, sendo eles quem vão criar uma parte a ser utilizada na vida de um novo personagem.

Javier chegou e perguntou: "Como roubaram o urânio?"

"Nosso povo não faria isso", respondeu alguém.

"Foram pessoas do outro lado da fronteira", disse Javier, observando as marcas de pneus na estrada.

"Qual será o próximo passo?", perguntou o agente do governo brasileiro.

"Meus cientistas, eu os envolvo com meus abraços, porque, sem querer, vocês talvez tenham dado um motivo para conseguirmos recuperar o poder. Posso usar este roubo contra meus oponentes ao governo Boliviano!", respondeu Javier

"Seus métodos me deixam preocupado!" disse seu assessor.

"Desta vez temos provas de que houve o roubo!". Vimos o caminhão tombado do lado da Bolívia!" disse Javier.

Javier estava mudando as informações para serem usados em prol de seus planos de continuar no poder a qualquer custo.

"Se considerarmos apenas esse roubo pela oposição será motivo suficiente para por um fim a oposição" disse Javier em espanhol, sua língua natal.

O presidente podia proceder com cautela, mas um instinto o levava a alcançar as coisas o mais rapidamente possível. Enfrentar situações novas, enfrentar novos problemas, fazia-o se sentir bem. Sua vida se tornava mais ocupada, sua mente pensava mais, obtendo uma riqueza maior do que a satisfação de ver o povo sem um motivo para continuar empregando suas mentes.

Javier seguiu um plano traçado. Tropas foram posicionadas por ordem dos cientistas do lado da fronteira da Bolívia. Eles tinham mais uma preparação militar do que os membros da comunidade no Brasil,

Javier desejava encontrar Rossi para saber o que aconteceu com o urânio que estavam aguardando. Eles partiram de um pequeno jato presidencial pois Brasília era muito distante para ir de helicóptero.

Na sua chegada ao palácio da Alvorada, mesmo tendo comunicado Rossi ao tentarem convencer os guardas que eram esperados, foram impedidos.

"Como ousam me impedir de entrar? Vocês poderão perder seu emprego! Chamem o presidente Rossi", disse Javier furioso com seu espanhol aportuguesado ou portunhol.

"Comunicarei ao presidente. Não sei como vocês chegaram à secretaria, mas daqui em diante devem aguardar", respondeu o segurança do Palacio da Alvorada.

Rossi percebeu o nervosismo excessivo dos cientistas. Javier continuou esperando em silêncio.

"Deixem Javier entrar", ordenou Rossi.

Eles entraram na sala do presidente.

"Creio que essa não seja uma visita amigável devido à pressa", disse Rossi.

"Esperamos Javier para esclarecer o roubo do urânio."

"Urânio? Em que sentido precisamos esclarecer isso?" questionou Rossi.

"Rossi, você deveria saber o motivo", respondeu Javier.

"Diga qual é o seu propósito ou serei forçado a fazê-los revelar", ameaçou Rossi.

"Estamos bastante certos para repetir. Hoje, muitas horas atrás, uma grande quantidade de urânio foi roubada e as marcas de pneus apontavam para este país", explicou Javier.

"Uma boa desculpa para roubar seu próprio povo! Eu não tenho nada haver com isso!", comentou Rossi.

"Descobrimos uma trilha que levava até instalações no Brasil. Apenas o exército possui caminhões desse tipo", acrescentou Javier.

"Achei o ponto fraco", concluiu Rossi. "Vocês percebem que não fui eu. O país é grande, se por incompetência de seus soldados eles conseguiram roubar a carga, fiquem calmos e não exijam tanto. Tomarei providências imediatas, mas não admitirei acusações contra mim."

"Deixem comigo. Vocês podem sair agora. Talvez você não esteja envolvido no roubo e, por isso, terei paciência para explicar a situação. Com razões suficientes, espero ter sua cooperação" disse Javier.

"Seus homens usaram seu nome para me confundir" disse Rossi.

"Isso ocorreu por causa da mina, que é fundamental para a sobrevivência do meu povo. Somos pobres e temos esperanças renovadas. Encontramos marcas de pneus vindo para cá e, diante da tremenda confusão, vim pessoalmente comunicar-lhe e garantir o esforço de vocês em encontrar o urânio."

"Educado de sua parte. Estou convencido a ajudá-lo." Disse Rossi.

"Acredito. Você terá que tomar medidas sérias para agilizar a busca."

"Farei o máximo, Javier. Meus agentes trabalharão neste caso."

Javier usou estratégia em suas palavras, sugerindo que seria uma luta difícil de vencer. Por sua vez, Rossi demonstrou estar atento ao pedido, e que se não aparecesse o urânio a oposição de Javier poderia culpá-lo e até pedir seu "impeachment

Os acontecimentos estavam nas mãos de pessoas alheias ao caminho da equipe de cientistas do Brasil. Elas empregavam suas armas enquanto também participavam da influência para transformar o destino de dois países populosos.

Foster foi quem tramou tudo e e havia escondido o urânio e pensava consigo mesmo:

"Consegui ter o poder em minhas mãos pela primeira vez. Já estou ciente do encontro entre Rossi e Javier. Haverá muitos homens atrás de mim. Como estou do lado defensivo do país, estarei seguro. O roubo ocorreu na mina, o lugar mais próximo da minha base. Terei respostas para qualquer pergunta. Se tentarem procurar o lugar pelo caminhão, os registros estarão em ordem. Terei dificuldades para vender o urânio a Rossi. Os cientistas me ajudarão. Quando eles entregarem os projetos, farei um acordo lucrativo com ele, que será benéfico para ambos. Tenho um grande trunfo guardado por enquanto. Denis servirá a mim. Os quatro agentes de Rossi são pouco honestos para negar uma boa oferta."

Aproveitando a falta de conhecimento sobre o paradeiro do urânio, os agentes dirigiram-se à comunidade científica para acelerar os trabalhos do grupo. Foster, de forma tranquila, saiu de seu esconderijo em direção à comunidade também.

No encontro entre as luzes refletidas nas paredes de um grande salão, os quatro cientistas e agentes conversavam:

"O presidente precisa se acalmar, e um grande incentivo poderia ajudar nisso."

"Ainda não terminamos. Faltam cinco dias para o prazo estabelecido."

"Podem ser prorrogados por ser muito curto!" disse um agente.

"Conhecemos nossas possibilidades." Disse o outro.

"Você não é um bom líder, Piberton. Almir, Barner e Denis poderiam substituí-lo."

"Aqui ninguém está interessado. Se quiser trabalhar antes do prazo, faça-o em paz." Disse Piberton.

"Desculpe, não quis atrapalhar." Disse Almir.

"Você adotou um alto comando eficiente. Enquanto fala, nenhum de seus homens ousa abrir a boca." Disse Barner.

"Não há mais nada a dizer. "disse Piberton.

"Vão em frente e tentem descobrir o que aconteceu com os cientistas." Disse Barner, chefe dos agentes.

"Faremos isso, Barner."

Almir e Denis apenas observavam a discussão. Os mistérios, revoltas e casos de algumas pessoas fazem parte das intrigas que formam uma aventura a ser lançada. Essa aventura começa e reserva, entre seu desenrolar, um final cuidadoso para os participantes, especialmente para aqueles que se envolveram forçados.

Foster chegou por um caminho diferente. Os cientistas estavam voltando para concluir o projeto quando ele chegou.

"Denis, você comunicou ao presidente sobre o novo projeto?"

"Estamos prestes a terminá-lo e faremos isso." Disse Denis.

"Do que se trata, Foster?"

"Tenho um novo recurso em mãos, Piberton. Isso pode tornar seus projetos ainda mais valiosos."

"Ótimo, temos tudo organizado." Disse Piberton.

"Uma indústria precisa de matéria-prima, e quanto mais interessante essa matéria for, melhor será sua utilização." Disse Foster.

"Você está falando do que e para quando?" perguntou Denis.

"Bem, nesse caso, podemos pensar em obter essa matéria-prima antes de entregar o projeto."

"Já é tarde, os outros agentes já saíram e tem um prazo para descobrir o que aconteceu com o urânio." Disse Almir.

"Para onde eles foram?" perguntou Foster.

"Eles saíram para dar uma volta e voltarão!" disse Piberton.

Foster saiu rapidamente, não querendo ser encontrado falando com os cientistas primeiro. Os agentes estavam no térreo quando Foster os encontrou.

"Rogerio, Cassio, Riler, Dorival, esperem!" gritou Foster.

"Por que veio até nós? Tema alguma novidade sobre o urânio?" perguntou Dorival, o chefe dos agentes.

"Estou tornando nosso país e nós mesmos ainda mais importantes. "respondeu Foster.

"No que você quer nos envolver?" perguntou Dorival.

"Sentem-se nas poltronas. Se vocês me ajudarem, teremos em mãos a matéria-prima necessária para o projeto dos cientistas da Bolívia. O governo precisa dessa matéria-prima para utilizar na nova indústria que construíram!"

"Se você estiver dizendo a verdade, por que não faria tudo sozinho?" perguntou Dorival.

"Vocês estão atras do urânio roubado de Javier, certo?"

"Estamos procurando sem saber por onde começar. A comunidade científica deve ter alguma pista." Disse Riler.

"Eu tenho essa conexão. "confessou Foster.

"Podemos prendê-lo e ficar com o urânio." Disse Dorival.

Foster deu uma gargalhada.

"Falo sério." Disse Dorival.

"Onde você escondeu o urânio? Já tínhamos comentado o quanto seria bom tê-lo em nossas mãos. Vamos encontrá-lo e vendê-lo para o governo." Perguntou Cassio tentando fazer Foster falar.

"Ajudem-me a vendê-lo ao presidente Javier. Ele está no escondido em lugar seguro. Podemos conseguir nossa aposentadoria com isso e não ter mais que obedecer a criminosos no poder!" disse Foster.

"Qual será a porcentagem?" perguntou Dorival especulando.

"Metade para mim e metade para vocês dividirem."

"Seria um bom dinheiro. Não vamos contar para o presidente. Ele não merece ser reeleito!" disse Rogerio.

Cada um dos agentes tinha alguma mágoa do presidente por usá-los em negócios ilegais e forçá-los a cometer atos ilícitos diante da lei brasileira.

"Voltarei para a base. Convençam os cientistas a terem confiança em você. Estamos voltando em paz." Disse Dorival.

"Eu continuava suspeitando e, ao mesmo tempo, me dedicava a descobrir quem estava envolvido. Sentia uma intuição estranha. Coisas estranhas estavam prestes a acontecer. Sempre algo passava despercebido e rápido demais, meus sentidos se confundiam. Ficavam turvos. Quando chegava o momento decisivo, eu enfrentava, mas depois me lembrava com a sensação de ter perdido a realidade do momento, transformando-o em algo a ser desvendado. Isso aconteceu comigo várias vezes. Não podia mudar isso, pessoas já estavam chegando para continuar com isso." Pensava Denis.

Os agentes retornaram.

"Como estamos envolvidos nisso, a colaboração de vocês será recompensada pelo presidente Javier."

"Podem contar conosco. Faremos o que é justo." Disse Piberton.

"Vocês não devem mencionar nosso encontro ao presidente. Vamos aguardar mais para recuperar o urânio mesmo que a data tenha passado." Disse Dorival.

"Vocês estão abandonando seus serviços?" perguntou Denis.

"Estamos sendo pressionados pelas reclamações de Rossi." Disse Dorival.

"Convençam Almir, Barner e os outros. Digam que isso é mais importante. O tempo é um fator mínimo. Conversem com eles..." sugeriu Piberton.

"Explicarei a eles!" disse Dorival.

"Convençam-os e todos se beneficiarão com isso!" disse Piberton.

"Precisa saber como justificar esse atraso." Disse Piberton.

" Direi a verdade! Que nos ainda não encontramos!" disse Dorival.

"Que essa verdade seja a nossa." Disse Piberton.

"Foster falou algo semelhante." Disse Denis.

"Os agentes retornaram ao palácio presidencial. Eu fiquei em dúvida, enquanto os outros esperavam para trazer as novidades conforme o tempo passava. Eu não tinha certeza, pois meu objetivo estava sendo dividido em muitas partes. Continuávamos incertos." Pensava Denis.

"Esses agentes do governo estão em uma situação difícil." Disse Almir.

"Estão nos envolvendo. No final, o tratado será favorável para nós, espero!" disse Piberton.

"Isso pode ser uma maneira de introduzir uma operação genuinamente nossa. Sem ordens, sem especificar ao público." Disse Piberton.

"Enquanto não entregarmos nosso novo projeto ao presidente, teremos mais chances de evitar que os agentes o vendam para outro país. Eles estão sempre vigilantes em relação às descobertas deste país. Ninguém sabia sobre a transação de urânio." Disse Piberton.

"Antes de alguém tentar se beneficiar, lembrem-se de que o urânio será vendido ao presidente pelos agentes." Disse Almir.

Foi Dorival quem voltou e explicou que eles tinham o urânio em mãos. Antes que qualquer acusação contra eles surgisse, eles pensaram rapidamente.

"Eu ouvia e me preocupava com as ideias totalmente diferentes das minhas" pensava Denis.

"Por que está preocupado Denis?" perguntaram.

"Todos vocês discutindo em pé, algo impossível de acontecer. Antes tínhamos apenas uma usina de processamento do urânio secreta, e agora temos até urânio roubado! Estaremos envolvidos até o pescoço! Podemos ser acusados de participar. Eu não concordo em entrar nesse jogo." Disse Denis.

"Isso não nos preocupa, já que nem sabemos onde está o urânio! Não somos cumplices!" disse Piberton.

"Estamos indo contra as regras da ciência e da lei!" lembrou Almir.

"Não complique ainda mais as coisas, Almir. Fomos envolvidos pelo presidente desde o início e agora não podemos denunciar seus agentes. Rossi não ficará satisfeito por ter perdido sua influência sobre Javier que dependia do suprimento de urânio enriquecido. Vamos perdoar os ataques e os agentes e, nós mesmos!" disse Piberton.

Estavam apenas os cinco ali Dorival já tinha partido com os outros agentes.

"Termos são criados para acalmar a vida. Nossas condições são bastante vulneráveis. Nós e Foster, só nós sabíamos do projeto. Se eles possuem o urânio, alguém deve ter lhes contado sobre o projeto!" disse Almir

"Até onde sei, espero não ter dito nada demais." Disse Denis.

"Foster estava interessado em progredir rapidamente na vida. Ele nos envolveu por causa de dinheiro ou promoção. Falar com o presidente complicaria as coisas para ele. Vamos esquecer o caso, entregando-lhe o projeto completo." Disse Piberton.

"Nossas pesquisas poderia preencher todo o tempo, mas isso não é suficiente para este verdadeiro jogo de poder" disse Piberton.

"Você tem expectativas muito altas. O mundo, com suas transações, oferece uma interação surpreendente. Ele cria um círculo, onde você começa algo, tenta desenvolvê-lo, estabelece diálogos e conexões, formando um lugar para se inserir na vida social e desfrutar das pessoas do seu meio" disse Denis.

"Eu pude observar isso. Aprendi a não desprezar ninguém" disse Piberton.

"Nós não fomos feitos para impressionar, mas sim para fornecer recursos para a vida. Somos cientistas. Estou feliz por saber que estou envolvido em algo muito maior" disse Almir.

"Devemos enfrentar essa situação da melhor forma possível." Disse Denis.

"Precisamos pensar definitivamente na atitude a tomar para não sermos cumplices. Os agentes podem nos enganar e o projeto pode não ser concluído. O presidente pode vir aqui e pedir explicações e até nos culpar pelo roubo do urânio" disse Almir.

"Talvez Foster dê um passo atrás" disse Piberton.

"Bem, as possibilidades estão aqui!" disse Almir.

"Depender de pessoas é totalmente inseguro!" disse Denis.

"E não podemos depender apenas de palavras. Vamos avançar naturalmente. Essa situação trará problemas. Não quero prolongar ainda mais essa situação. Pode ser o fim de nosso projeto aqui no CNPq e de nossa comunidade de cientistas!" disse Almir.

Não é hora de encarar a situação com otimismo! Temos que levar a sério a possibilidade de sermos incriminados e até presos!" disse Piberton.

"Você é o líder, mas ainda não mencionou a solução. Temos que limpar nosso lado e deixar aqueles que arriscam tudo pelo poder lidar com essa situação" disse Almir.

"Vamos limpar nosso lado, comprovando nossa inocência. Eles mesmos, os agentes, já estão se enganando. Foram falar com o presidente" Disse Denis.

"Javier vai vir atras do urânio e de nós! Ele quer seu urânio e será mais exigente" disse Almir.

"Eu preciso de informações para encontrar o urânio" disse Piberton.

"Temos que devolvê-lo. Não quero isso, nem quero vê-los com ainda mais poder, mas no fim vão querer culpar os mais fracos que somos nós, os pobres cientistas!" disse Piberton.

"Você está dando muitas desculpas e não está agindo de fato" disse Almir.

"Tenho um acordo a fazer." Disse Piberton.

"Que acordo?" perguntou Denis.

"Acho que o urânio está com Foster!" disse Piberton.

"Entendemos quem tem o urânio, mas como recuperá-lo?" perguntou Almir.

"Vocês são espertos. Acabaremos com isso. Não os tirarei do cargo e nem os punirei por esconder informações.

O presidente queria o urânio, aceitando tudo para tê-lo. Os agentes aumentavam ainda mais a pressão, sendo cobrados pelo presidente Rossi todo o tempo.

Dorival entrou em contato com o presidente, mas Foster não confiava muito nele. Dorival ligou para Foster em seu celular.

"Não precisa animar-se tanto. Rossi terá que pagar o dobro do dinheiro que iria ganhar de Javier!" disse Foster a Dorival.

"Como já disse, Rossi concordou em pagar! Não abuse de seu anonimato pois as coisas podem ficar difíceis par aos eu lado!" disse Dorival.

"Não prestarei mais nenhum serviço especial. Este e meu último trabalho para o presidente!" disse Foster.

Como todos queriam ter o máximo de lucro, Foster tinha suas intenções. Foi precipitado ao se unir aos agentes especiais da presidente. Dorival e seus homens prepararam-se para tirar Foster da jogada. Cada um com suas previsões, cada um defendendo seu lado.

"Vou desaparecer daqui! Tirarei férias do meu cargo!" pensava Foster.

CAPÍTULO DEZOITO

O PROJETO

As amizades de Denis com o grupo de cientistas estavam em jogo após saberem que Denis e outros cientistas sabiam da construção da usina de enriquecimento de urânio. Sua relação com Raquel estava abalada e se falavam pouco tratando somente de assuntos das pesquisas e do Ecosoft.

Os agentes estavam novamente com os membros da comunidade científica. A construção da usina estava prestes a se completar e o Ecosoft iria começar a ser usado por todos os setores produtores de carbono.

"Pelo propósito da indústria, não preciso ver suas instalações para saber que será mau para a Amazonia!" disse Raquel.

"Agora precisamos saber quem está com o urânio para tirar as suspeitas sobre nosso grupo!" disse Roberto.

"Foster é quem tem!" disse Piberton.

"Como soube dele?" perguntou Roberto.

"É simples ver que ele anda muito ocupado fora do laboratório fazendo algo!" respondeu Piberton.

"Espero que tenha assegurado o urânio!" disse Roberto.

"Não acredito!" disse Raquel. Outros cientistas presentes também estavam surpresos.

.

"Não sei se fazemos o bem retornando o urânio. Quais as intenções de Javier? Talvez seja pior para o povo se ele for reeleito." Disse Roberto.

Rogério, Cássio e Riler estiveram no local de encontro marcado com Foster.

"Ele tirou férias e desapareceu de sua casa. Nenhum sinal de onde pode ter ido. Foi para perto do urânio. Foster foi mais esperto. Teremos que sair desta posição privilegiada e procurar nos lugares mais afastados onde possa ser escondido um caminhão" disse Piberton ao ver que Foster não apareceu para o encontro e devolução do urânio aos agentes do presidente liderados por Dorival.

"Agora sim aconteceu o que eu tinha medo!" disse Piberton.

"Eu esperava que ele cumprisse a palavra!" disse Almir.

"Você não tem nada de negociador! Ele não quis se arriscar a ser preso!" disse Piberton.

"Cientista ou negociador, pouco me importo! Ele vai ter que arcar com as consequências!" disse Dorival.

"Pois aproveite minha parte para introduzir algo de concreto em suas horas pouco aproveitadas pelo mundo.

Foster tinha manchado a imagem dos cientistas do grupo e em geral. Infelizmente muitas vezes a ciência era usada no jogo de poder pelos políticos e Foster só estava mostrando que ele também tinha sido envolvido no jogo de poder.

"Os problemas do momento eu já havia passado. São como um invólucro, e quando eu tenho um ideal pronto para empregar, ressurgem para me confundir, exigindo muito de mim. Isso é normal em pessoas em formação. Foster sempre foi um amigo e se afastou com seus outros amigos por me apresentar. Tinha a pior intenção no caso do urânio. Foi até a mina e roubou. As fronteiras estariam cercadas de soldados pelos dois lados. Muito pouco faltava para os dois lados entrarem em combate" pensava Denis.

Javier, esgotado de tanto pensar no feito e no que fazer, tentava preencher o precioso tempo em vão. Era censurado e interrogado pelas várias dúvidas feitas pelos jornais, entrevistas e outros órgãos comunitários. Javier partiu para uma nova reunião com Rossi.

No palácio do Planalto em Brasília se reuniram a portas fechadas.

"Você teve o tempo necessário e sei sobre seus agentes. Saíram há muito tempo sem retornarem com notícias" disse Javier.

"Dei ordens para voltarem somente com o urânio!" disse Rossi. .

"Você cometeu um erro ao colocá-lo nas mãos dos cientistas. Você é o culpado de confiar neles!" disse Javier.

"Eu cuido do meu país! E não temos certeza de quem roubou o urânio!" disse Rossi.

"Esperava ouvir isso! Mas o que importa são resultados!" disse Javier.

Rossi lembrou-se do projeto dos cientistas, calando-se num sufoco. Estava ansioso para receber boas notícias sobe os avanços nas pesquisas de energia alternativa e outros projetos científicos, mas o drama do urânio estava acabando com sua paz.

"Por que você está tão preocupado?" perguntou Rossi.

"Como meu povo está sofrendo com a falta de recursos, em breve você também sofrerá até que estejamos ambos no mesmo nível!" ameaçou Javier.

"Tenho aproveitado minha riqueza por muito tempo. É preciso fazer algo pelo povo. Devemos conhecê-los melhor" disse Rossi.

"Seu povo não é tão diferente assim!" disse Javier.

"Apenas os grandes problemas chegam até mim. Preciso estar mais perto do povo antes que eles encontrem outro que preste mais atenção em suas necessidades" disse Rossi.

"Se eu não encontrar o urânio certamente perderei meu cargo de presidente!" disse Javier.

A vida de alguém se torna uma grande aventura, não necessariamente por vivê-la, mas por participar de um dos pequenos pontos, podendo observar e anotar as atitudes a serem tomadas, sem ser prejudicado pelas vidas superiores que tantas vezes trazem decepções em uma vida simples, sem se aventurar no mau uso do pensamento.

Os agentes estão sendo pressionados por Rossi para entregar o urânio. A história de que perderam contato com o urânio não o convencia. O tempo passava e Rossi não podia agir sabendo do estado do povo. Foster conseguiu criar a visão de uma queda nos produtos industrializados. As exportações diminuíram devido as histórias de corrupção no Brasil e Bolívia. O país não podia arriscar aumentar suas dívidas e precisava se reerguer.

Após perder o emprego, Roberto ficou sem recursos e revoltado ao descobrir que seu trabalho de muitos anos tinha pouca importância. Seu chefe tinha o destino de muitas famílias em suas mãos. Assim como os antepassados de Denis, eles enfrentaram crises de subsistência em um lugar isolado. Roberto se isolava dentro de sua casa e, ao caminhar pelas ruas, só via descontentamento. Cientistas dedicados   sentiam-se   desvalorizados.   Com   tantas oportunidades desconhecidas e possibilidades, tudo se resumia a problemas econômicos a ser solucionado.

Desde grandes empresários até a classe mais pobre estavam sofrendo os efeitos da queda econômica nos dois países e no mundo em geral devido as catástrofes ambientais. Havia um vazio em suas mentes a ser preenchido com dúvidas e sofrimentos que eram deixados para depois das ocasiões festivas, onde era possível se divertir, mas isso tinha um custo às vezes alto.

Era melhor ser um negociante e cientista como Piberton, ex-chefe de Roberto. Ele lutava por algo, mas não tinha a capacidade de se manter. Agora, Deus parecia existir ainda mais, devido aos abusos do corpo e da vida. Esta última podia ser apagada facilmente em um momento de loucura dos seres desesperados. Tentavam encontrar consolo em seus amigos que também sofriam, resultando em manifestações generalizadas através do Brasil, Bolívia e do mundo.

O governo tinha que agir, pois as coisas estavam difíceis. Como último recurso, as pessoas foram obrigadas a abandonar seus pertences e tentar sobreviver com o mínimo por não poder pagar mais as contas de aluguel. Algo novo precisava surgir; nada poderia ser abalado tão facilmente. Desistir do país, da pátria, sem esperança era muito deprimente.

As viagens e tentativas de novos empreendimentos por parte de Rossi com países da América Latina eram bem recebidas, mas suas habilidades não conseguiam suprir as necessidades da classe média e mais pobre. Foi ordenado interromper as viagens para o corte de gastos das verbas do governo brasileiro.

A calamidade era desconhecida em algumas áreas isoladas. Alguns se mudaram para essas regiões, mas corriam o risco de perder tudo novamente quando o país voltasse ao normal. Os agricultores guardavam suas colheitas para si mesmos, mas eram atacados e roubados. As pessoas aproveitavam para culpar o governo. Como se fossem férias permanentes, Foster perdeu dois amigos que estavam em condições muito diferentes das suas, e Denis nunca chegou a conhecê-los. Ele não queria correr o risco de ter mais perdas. Os amigos de Javier contribuíam para a perda de prestígio de seu país.

Envolvidos na situação do governo, cada um lutava para sobreviver, vivendo para sustentar seu pequeno mundo, resistindo ou desaparecendo em seu meio. Roberto e Jane, amigos de Foster e de Denis, eram industriais. Amigos industriais, professores e comerciantes, todos enfrentavam o mesmo problema. Nerli e Fátima estavam em uma situação difícil e, sem quererem encerrar seus negócios, pediam ajuda aos amigos. Sabiam que não podiam exigir nada de um amigo, porque da próxima vez estariam ainda mais necessitados.

Eles tinham a mesma solução: reduzir os negócios e encontrar um lugar seguro onde pudessem esperar o retorno à normalidade. Comparavam a vida com sofrimento e desgraça, moldando suas opiniões. Não era algo imprevisível, mas indesejável. Não era desesperador, mas sim a ideia de estarem em outro destino. Antepassados antes bem-sucedidos se tornando menos favorecidos agora na atual realidade do Brasil e do mundo devido a tantos desastres ambientais.

Antepassados que, por isso, refletiam mais. Eram altamente desenvolvidos em uma escala desconhecida para obter um melhor rendimento. Além de serem afetados pelo problema do país, a presidente deveria estar na ativa, mas Rossi estava deixando o povo lidar com seus problemas.

Rossi estava preocupado em encontrar o urânio e Foster não dava notícias. Ele fazia Rossi quase implorar, chegando ao ponto de oferecer metade de seu dinheiro. Havia uma equipe de resgate.

"Agora podemos falar abertamente. Meus compatriotas, não me sinto como um presidente. Vocês, cientistas, são mais importantes. A situação do país depende de vocês", disse Rossi. Ao visitar o CNPq em São Paulo.

"Nosso projeto de focar em energias alternativas estava produzindo bons resultados até vir essa crise econômica por causa dos desastres naturais mundialmente!" disse Piberton.

"Como já dissemos a seus agentes, pretendemos construir uma nova indústria de painéis solares com uma nova tecnologia mais barata, mas o governo parece que mudou o foco e o dinheiro para a produção de energia nuclear!" disse Ronaldo, diretor do CNPq.

"Uma indústria de painéis solares?" perguntou Rossi.

"Estamos fazendo experiências e tendo bons resultados. Inclusive temos muitos outros projetos que precisam de financiamento. Mas com essa crise não sei como vai ser!" disse Ronaldo.

"Meus agentes disseram que tinham o urânio e depois o perderam", ele interrompeu.

"O verdadeiro possuidor ficou com muito medo de retornar. O país inteiro está tentando descobrir onde o urânio está escondido. Seus agentes tentaram tirar proveito disso" disse Piberton.

Desentendimentos mostravam que a distância entre Rossi e a comunidade cientifica estava aumentando, chegando a um ponto definitivo de rompimento.

Vocês sabem quem roubou o urânio?" perguntou Rossi.

"Antes disso, você acredita nos seus agentes? "perguntou Denis.

"Eu preciso do urânio primeiro para salvar Javier porque ele era um grande parceiro econômico do Brasil!" disse Rossi. o país", respondeu.

"Nós somos cientistas comprometidos com as condições da população", defendeu Denis.

"Vocês fazem parte do governo também!", afirmou Rossi.

"Seria melhor ter mais independência para prosseguir com as pesquisas do que estar ligado aos interesses políticos" sugeriu Denis.

"O problema não é colocar a indústria em funcionamento. Precisamos encontrar o culpado pelo roubo do urânio!", disse Rossi.

"Eu era amigo dele. Seu nome é Foster. Ele trabalhava na defesa do país" disse Piberton.

"Onde ele está agora?" perguntou Rossi.

"Não sabemos nem mesmo se ele está vivo", disse Piberton.

"Ele ainda não apareceu, mas com o início da construção da indústria, ele deverá surgir" disse Ronaldo.

Javier estava ciente da má situação de Rossi, sua vida dependia do país se igualar a eles devido ao urânio. O país de Rossi precisava recuperar o prestígio junto aos países vizinhos devolvendo o urânio. Todos conspiravam contra

Rossi, mas ninguém estava disposto a colocar outro presidente no poder. Rossi conhecia muito sobre Javier. O povo aproveitava os abusos de alguns para se divertir. Foster ainda não havia aparecido, mas a indústria de produção de painéis solares estava progredindo dentre outros avanços na tecnologia para energias alternativas no Brasil que eram exportadas para o mundo também.

Amigos e rivais do presidente se acomodavam perfeitamente com suas riquezas. Estavam preparados para emergências, superando todos os problemas. A juventude continuava a seguir seu destino e aproveitava ao máximo as distrações. Alguns viviam isolados na natureza, enquanto outros se envolviam em multidões.

Uma nova constituição precisava ser estabelecida para regular a nova realidade dos lugares afetados por devastações naturais. O país encontrava-se totalmente fechado, dependendo menos dos outros países. A subsistência mínima era uma meta a ser alcançada.

Rossi através de Dorival e seus homens, buscando obter vantagem, compraram todos os materiais básicos para a produção dos painéis solares. Isso atrasaria o progresso da produção. Foster não estava ciente dessa situação. Bastava ver o projeto em andamento e talvez ele retornaria, pois tinha colaborado muito para este projeto. Eles tentaram fazer um acordo com o presidente.

"Precisamos do material que foi comprado por seus agentes!" disse Ronaldo.

"Não tenho nada a ver com isso, mas posso falar com eles. Como um bom investidor acho que posso convence-los pelo dobro do preço original que pagaram!" disse Rossi.

"Triplicar o dobro está bom", disse Dorival.

"Você perdeu todo o seu poder como presidente", provocou Ronaldo.

"Aqui está o dinheiro, agora peguem!", disse Ronaldo. "Não podemos mais esperar para recomeçar a produção dos painéis. A população necessita energia mais barata!" disse Ronaldo.

"Seu tolo, como deixamos você se tornar presidente? Você não tem poder nem força. Sua vida não vale muito", disse Ronaldo revoltado e saiu do local de encontro combinado em um restaurante.

"Estou muito decepcionado com vocês. Eu lhes dei uma parte, esperando ver determinação! "disse Rosi contando o dinheiro na mala entregue por Ronaldo.

"Estamos demonstrando. Você não sabe o quão difícil foi reunir todos esses materiais", responderam.

"Eu sei! Agora podem dar a ordem para os caminhões levarem os materiais para a fábrica de painéis solares!" disse Rossi.

CAPÍTULO DEZENOVE

A LUTA PELO PODER

A comunidade científica ficou sabendo da verdadeira história. O desaparecimento dos agentes não foi por fuga por estarem envolvidos com a venda de material para a indústria de painéis solares, mas pela tentativa de encobrir o roubo do urânio por Foster. Javier tratou de pagar essas testemunhas para não falarem nada que o prejudicasse na reeleição a presidente na Bolívia.

As fronteiras testemunharam a fuga dos quatro homens. Eles foram eliminados e enterrados no esquecimento. Faziam parte da trama e não receberam atenção especial de Rossi. Eles caíram no esquecimento e todos tinham medo de ficar fazendo perguntas e ter o mesmo fim.

Seus erros tiveram consequências caras. E outros poderiam ter uma punição semelhantes. O tempo deles terminou, com muitos erros que acabaram com suas vidas. Sem passado e sem futuro. Desapareceram por serem uma ameaça ao poder.

"Foster apareceu com sua equipe de segurança e dirigiu-se à comunidade científica, onde Rossi esperava para ter o urânio de volta como combinado com Foster e seus ajudantes. Um presidente que criava suas próprias leis, enquanto o povo sofria com tantas misérias causadas pelas mudanças climáticas.

Seus atos eram mantidos em segredo, e a parte obscura do país não era digna de ser apresentada às nações desfavorecidas. Foster chegou, e o presidente notou sua proteção. Algo garantia sua vida.

Foster entregou parte do urânio. Ele ansiava pelo dia em que veria o país em boas condições, principalmente para si mesmo.

"Estou disposto a fazer o que for necessário. Como você deve saber, o país depende de recuperar sua reputação", disse Foster. "Os dias da sociedade estão contados, então temos que nos concentrar no perdão presidencial durante as negociações. Javier fez de tudo para me encontrar|!" disse Foster.

Rossi tinha prometido o perdão judicial para Foster e seus ajudantes envolvidos se ele retornasse o urânio roubado.

Os pensamentos obsessivos de Javier tomaram um rumo oposto, mas trouxeram resultados significativos no início de sua implementação.

"Javier ficará com o urânio?", perguntou Denis.

"Sim, mas ele não se atreveria a colocar os pés em nosso território, sabendo que o descobrimento de seu segredo poderia acabar com ele politicamente na Bolívia, pois o partido de oposição está procurando algum escândalo para derrubá-lo!" Disse Rossi.

"A comunidade científica ajudou bastante e receberão uma recompensa especial por ter ajudado com o retorno do urânio!" disse Rossi. "O urânio será utilizado para produção de uma energia nuclear de fusão que Javier diz que foi aperfeiçoada por seus cientistas" disse Rossi. A nova usina foi batizada de "Projeto Zenis". Ele descobriu algo que os cientistas do e=resto do mundo não sabem?" perguntou Piberton.

"Ele descobriu como utilizá-lo na indústria de energia nuclear de fusão, e isso deve ser mantido em segredo." Disse Rossi.

O presidente falou dessa maneira para incitar Foster e aumentar sua revolta contra quem o havia denunciado.

"Isso não é certo! A energia de fusão ainda não está controlada!" disse Denis.

"Você será responsabilizado se acontecer algum desastre nuclear e pelas vítimas!" disse Piberton a Rossi que iria entregar o urânio enriquecido para Javier.

"Isso não me assusta. Meu império está consolidado, mas ele mesmo sendo presidente, tem uma nação pronta para derrubá-lo na primeira oportunidade", respondeu Foster.

A usina nuclear de fusão surgiu com várias vantagens. Denis foi convidado por Javier para acompanhar a entrega do urânio e dar assessoria ao início do funcionamento da usina nuclear na Bolívia.

Denis estava com Javier.

"Olá, Denis. Agradeço por ter aceitado o convite para nos ajudar com o início do funcionamento da nova usina de fusão aqui na Bolívia. Estamos entrando em uma era de energia limpa e sustentável que irá revolucionar nosso país e o mundo. Acredito que essa tecnologia é o futuro" disse Javier.

"É um prazer estar aqui, presidente Javier. A ideia de uma usina de fusão é realmente empolgante. Javier, o presidente anterior, falava muito sobre esse reator de fusão desenvolvido pelos cientistas bolivianos. Eu admito que fiquei cético no início, já que a fusão nuclear é uma conquista desafiadora."

"Entendo suas dúvidas, Denis. Mas graças ao investimento em pesquisa e à dedicação de nossos cientistas, conseguimos avançar nessa tecnologia de maneiras surpreendentes. Agora temos um reator que utiliza hélio-3 e deutério como combustível, e o urânio que obtive será direcionado para aplicações medicinais e de pesquisa."

"Isso é incrível. E você conhece as vantagens de um reator de fusão em comparação com os reatores de fissão nuclear convencionais?"

"Fale aqui com meu cientista chefe Dr. Solano. Ele é o "Jefe de Planta Nuclear" disse Javier em espanhol.

"As vantagens são inúmeras, Denis. Primeiro, a fusão nuclear não produz resíduos radioativos de longa duração como os reatores de fissão. Além disso, o combustível usado, hélio-3 e deutério, é mais abundante e seguro em comparação com urânio enriquecido. Isso diminui os riscos de proliferação nuclear."

Denis ficou surpreso e perguntou:

"Para que necessitam então do urânio enriquecido?"

"Lamento não poder dizer pois e informação secreta, mas um pais em desenvolvimento como a Bolívia precisa de proteção também!" disse Solano.

Denis ficou pensando se estariam planejando construir uma bomba nuclear ou uma arma que desconhecia.

"Entendo. E em termos de segurança operacional?" perguntou Denis.

"A segurança é uma prioridade. No caso de qualquer falha, o reator se desliga automaticamente, interrompendo a reação de fusão instantaneamente. Além disso, não há risco de fusão descontrolada, como ocorre em reatores de fissão, evitando acidentes graves." Disse Solano.

"E quanto à produção de energia? Como ela se compara aos reatores tradicionais?" perguntou Denis.

"A produção de energia é constante e previsível. A fusão nuclear libera uma quantidade significativa de energia, e uma pequena quantidade de combustível pode sustentar a usina por muito tempo. Além disso, não há emissões de gases de efeito estufa, contribuindo para combater as mudanças climáticas: disse Solano.

"Realmente é uma abordagem revolucionária para a energia. Como posso ajudar nesse processo inicial da usina?" perguntou Denis.

"Sua experiência é inestimável, Denis. Gostaríamos que você trabalhasse conosco para garantir a operação segura e eficiente do reator durante esses primeiros meses críticos. Sua expertise pode ajudar a resolver desafios técnicos e otimizar o desempenho do sistema." Disse Solano.

"Fico honrado com a confiança depositada em mim. Estou ansioso para contribuir para esse novo capítulo na história da energia boliviana e mundial."

Nesse diálogo, o presidente Javier mostrou-se a favor da participação do projeto da energia de fusão boliviana e Solano mostrou-se aberto a integrá-lo na equipe de cientistas e engenheiros da usina de fusão nuclear.

Denis se mostrou entusiasmado em fazer parte desse projeto pioneiro, ajudando a garantir o sucesso inicial da usina de fusão na Bolívia.

Denis era peça fundamental para o funcionamento da máquina e para o aproveitamento da energia proveniente do urânio. Era uma forma de energia supostamente desconhecida pela história, mas mais real do que nunca. Desta vez, o mundo do futuro superou as transações do passado. Entre todas as esperanças de Rossi e seus amigos, Denis podia apenas esperar pelos próximos dias, mas com eles vieram boas notícias para ajudar no combate a redução do carbono mundial.

Javier tinha muitos agentes espalhados pelo país. A fonte de recuperação do país foi descoberta. Rossi voltaria a se tornar grande novamente, e o trabalho estaria feito.

O problema era que Denis tinha se tornado importante demais no uso e desenvolvimento da fusão nuclear depois de trabalhar algum tempo com os cientistas da Bolívia chefiados por Solano. Existia tanto os países interessados na tecnologia para mudar radicalmente para uma energia "green" como outros ligados ao passado e querendo destruir esta tecnologia para manter os seus lucros com o uso do petróleo e gás.

Denis se tornou um alvo internacional e a disputa para trazer Denis de volta ao Brasil começou entre Rossi e Javier, enquanto Denis somente está fazendo os eu trabalho e aprendendo algo importantíssimo para o futuro da energia limpa.

Os países vizinhos abriram as portas para a luta. A batalha se travou entre Rossi e Javier secretamente pelo envio de missões para tentar sequestrar Denis e trazê-lo para o Brasil.

O objetivo era tirar a peça fundamental da operação: Denis. Ele estava encurralado, incapaz de escapar da arma apontada para seu coração. Foi capturado sob a suposta intenção de defesa do país. De certa forma, Foster fez valer sua proteção e se aliou a Javier.

Denis foi levado para um lugar seguro, e sua calma foi facilmente restaurada por uma pessoa.

"Nesse momento, eu estava descobrindo imediatamente a razão do meu sequestro. Eu estava entre os destinos de dois países e queria ver como Rossi se adaptaria. Fui levado de avião para as montanhas dos Andes, onde havia uma base científica e militar."

No trajeto de avião Denis pode observar um pouco do relevo da Bolívia. a Bolívia possuía a Cordilheira dos Andes em seu território. A Cordilheira dos Andes era uma imponente cadeia de montanhas que percorria várias nações sul-americanas, incluindo a Bolívia.

Uma parte significativa dos Andes passava pelo território boliviano. É nessa região que se encontravam algumas das montanhas mais altas do país, como o Illimani e o Sajama. Além disso, a Bolívia também abrigava o famoso Salar de Uyuni, que é a maior planície de sal do mundo e está localizado nas proximidades da Cordilheira dos Andes.

Denis pode observar as montanhas e a planície de sal que eram famosos.

"A base estava ligada ao país, e ele era quem a conhecia melhor, de acordo com minhas suposições simples. A ciência sobrevivia ali. Havia uma espécie de comunidade científica no centro da base, com várias divisões. Todos buscavam a glória para seus países. Cada um teria seus momentos de triunfo. Acredito que fui levado la por motivos de segurança."

Rossi teve um breve período de esperança em trazer Denis de volta ao Brasil, mas Denis desapareceu. Javier, indiferente à sua verdadeira intenção, preocupava-se apenas com o país e a sua situação política. Javier percebeu a ajuda e cooperação que poderia obter de Denis.

"Eu não queria conhecer você, mas sim eliminá-lo dos planos de Rossi de se libertar de toda essa trama complexa. Até mesmo Foster me ajudou quando o urânio chegou, abrindo caminho para prosseguirmos." Disse Javier por vídeo conferência.

Nesse momento, Foster, meu antigo amigo, estava presente. "Você se lembra de mim? Seu grande amigo Foster não acabou."

"Eu entendo. Não tenho preferência por nenhum país, não quero trair minha antiga vida. Eu sei que, sem mim, o urânio não terá tanto valor. Minhas ideias ainda estão comigo. Raquel, Piberton, Almir e Roberto grandes amigos. Não tive a oportunidade de me despedir de alguns deles. Eu preferia ter ficado lá, mas estou disposto a recomeçar uma nova vida." Disse Denis para ganhar a simpatia de Javier.

Na opinião de Foster, Denis havia completado a última parte da história ao se juntar ao desenvolvimento da energia de fusão.

"Foi um erro da sua parte se considerar tão importante."

"Não quero perder tempo Foster. Essa descoberta será capaz de salvar o mundo! Por isso, você pode ver o quanto será útil transferir esse conhecimento para outros países!"

"Seu valor não será em vão Denis. Você se acostumou a comunidade de cientistas. Agora terá um novo grupo de amigos. Você vai ensinar e aprender com os outros cientistas. Ele é esperto. Com certeza ele vai se sair bem também."

"Cale-se, Foster. Você está enganado, não é mais meu amigo. Você perdeu sua dedicação em tudo, eu não te reconheço mais. Você planeja me deixar aqui pelo resto da vida ou trocar-me por mais urânio do Brasil?"

"Eu tenho muito urânio aqui. O caminhão foi apenas um pequeno ponto para aumentar a opinião de Rossi, confundindo-o e decepcionando-o. Você poderia arruinar nossos negócios se descobrisse como prolongar a vida útil de uma pequena quantidade de urânio. Poderia até vender suas ideias para outros países, criando concorrência conosco." Disse Foster.

"Como você sabe, um cientista precisa aprender a aprimorar suas descobertas. Eu espero fazer isso aqui." Disse Denis.

"Você terá essa oportunidade em breve." Disse Foster.

"A primeira parte da minha mudança aconteceu de repente. Eu estava cansado e incerto se seria melhor para mim continuar com Javier ou ir com Rossi. Nesse novo e vasto território, havia muito a aprender. Os cientistas passavam a maior parte do tempo estudando e fazendo descobertas. Sentia uma maior proximidade e dedicação por parte deles em comparação com a minha antiga comunidade."

"Eles eram um misto de cientistas internacionais de vários campos também e possuíam habilidades superiores e isso me motivava a me desenvolver ainda mais. Por esses e outros motivos, eu sabia que precisaria de períodos de descanso durante a noite para recuperar minhas energias. O dia se tornou o meu período de maior interesse."

"O movimento da manhã me surpreendeu. Rapidamente tive que me integrar aos cientistas. Descobri como fabricar peças que eram desconhecidas no Brasil. Fórmulas e substâncias que, a cada porção, se transformavam e criavam algo novo a ser introduzido. Medicamentos e tudo relacionado à química me transformaram de um iniciante em um veterano em pouco tempo."

"Rossi conseguiu regularizar a situação do país com um esforço incomum, demonstrando sua honestidade por meio de suas conexões na antiga comunidade científica. Foster desapareceu do meu mundo, pelo menos da minha parte. Sentia-me um pouco solitário, mas percebi que a única pessoa capaz de moldar minha vida era eu mesmo."

"Situações e descobertas confundiam a verdadeira situação de cada indivíduo. Eu tinha uma parte independente em minha vida ativa, enquanto reservava outra parte em minha mente. Com todas as mudanças, Javier evoluiu muito e alcançou um nível respeitável diante do povo e de Rossi. Os povos vizinhos ficaram surpresos com o desenvolvimento científico da Bolívia e eu era o ponto central de tudo isso."

"Transferi o poder de Rossi para Javier. Havia muito a aprender, além do desenvolvimento do país e do crescimento na área científica. Além disso, desejava descobrir a verdade essencial para a sobrevivência. Quanto mais eu aprendia, mais consciente ficava do futuro a ser construído."

"Eu sonhava com um futuro sem fronteiras entre os países para o uso da ciência em prol de uma vida melhor para o povo."

"Desde o início, minha jornada não foi fácil. Partindo de uma base, construí minha própria trajetória até aqui. O mundo continuava avançando, com desafios emocionantes, novas áreas a serem exploradas e tudo que uma sociedade avançada oferecia. Utilizando meu conhecimento, Javier já estava ciente dos segredos científicos de outros países. Agentes foram enviados para descobrir o funcionamento sofisticado de sua usina de fusão nuclear, mas não tiveram sucesso ainda. Seu potencial era medido pelas possibilidades que podiam ser alcançadas. O progresso da ciência era observado em um campo pouco desenvolvido que ainda precisava ser desvendado."

"Os povos vizinhos começaram a descobrir sobre o projeto como uma fonte de informação. A população do país estava completamente ciente da capacidade, mas não do funcionamento. Aproveitando-se dessa situação, Javier começou a vender um pouco da tecnologia que eu ajudei a desenvolver para obter lucro. Eu não dificultei muito a transação, pois queria sair daquele lugar onde já havia aprendido tudo o que tinha para aprender. Os cientistas se tornaram grandes amigos de trabalho. Eu reservava minhas melhores partes para o trabalho. Uma ideia básica me levava a ser cortês com os empresários que apareciam para negociar, pois eles pagavam a mim e a Javier. Eles tinham experiência, enquanto eu criava com meus conhecimentos e imaginação."

"As mudanças aconteciam rapidamente, deixando algumas decisões indefinidas de lado. Recentemente, percebi que havia negligenciado avisos que havia considerado por muito tempo, esquecendo-os completamente. Se um simples erro pode levar a uma melhoria nos pensamentos, então erros maiores podem trazer ainda mais aprendizado. A mudança de figuras importantes ocorreu para melhorar a vida e valorizar o interesse da sobrevivência e paz de centenas de pessoas em cada região, cidade e estado durante esse processo de uso da nova tecnologia."

"Compreendi que mudanças sem alternativas são capazes de evitar precipitações no futuro. Alguns estão em busca de uma saída, mas cada vez mais distante. Meu destino não seria ir de país em país. Grandes eventos às vezes revelam detalhes do ambiente e da configuração espiritual, de forma suave como uma música. O estado de espírito, os sentimentos e as emoções particulares se revelam, mas os erros de cada história são escondidos para destacar a singularidade de cada vida e desenvolvê-la da melhor forma possível."

"Minha jornada me mostrou um modo diferente de pensar, pois essa história foi diferente em suas circunstâncias. As dimensões não precisam ser tão elevadas para aproveitar ao máximo cada segundo. Afinal, todos vivemos esses momentos. Nessa parte onde transformo a simplicidade em algo complexo, com surpresas e momentos marcantes da minha vida, surgem também as histórias menos exploradas de meus antepassados, que são uma segunda revisão do que meu pai abandonou."

"Suas experiências foram úteis para a vida, mas a sociedade criada não está satisfeita com apenas a evolução, considerando-a um erro da melhor fase que se deseja mostrar. Agora, essa vida nunca terá a oportunidade de falhar. A vida se tornou mais exigente, buscando introduções mais acertadas, evitando a perda de tempo e decepções para alcançar a verdade, embora ainda falte aprender como viver com ela. Cada um tem seus próprios pensamentos para melhorar."

"Percebo agora que viver apenas de pensamentos não foi suficiente, pois eles não tinham nada concreto para sustentá-los na vida, seja no âmbito pessoal ou social. Essa fase da minha vida foi a que mais se alinhou com meu estado atual. Eu sabia que havia mais a descobrir e construir em meu caminho, com bases ainda nesse estado de busca. Parti para um novo lar, mas inicialmente não fui muito longe."

"A viagem foi prolongada pela rota escolhida pelo presidente do novo país, que tinha uma maneira especial de fazer as coisas. Ele se preocupava em fazer com que as pessoas conhecessem tudo sobre o mundo, pois acreditava que todos viviam felizes com seus trabalhos e ambições ao lado do presidente Rossi. Isso o deixaria contente. Ele defendia sua posição, assim como todos faziam. Ele sabia dessa preferência, mas preferia mantê-la em silêncio, sem alterar os bons costumes estabelecidos no país. A influência de pessoas mais avançadas se traduzia em um aprimoramento, preparando-se para enfrentar tempos diferentes e alcançar coisas que antes eram apenas sonhos distantes."

"Como estavam acostumados a viver dessa maneira, eles não ignoravam a situação de cada pessoa lutando para sobreviver. Eles conheciam sua cidade e estavam cientes da chegada de um visitante. Ao descobrir um lugar, não podemos tirar conclusões sem conhecer o mundo ao nosso redor; isso é para aqueles que são estagnados e não têm imaginação. O presidente Rossi se alegrava em ter seu lugar dominado. Erros com eventos importantes precisavam ser incluídos na história. Não se falava sobre esses assuntos.

Visitantes que vinham para ficar, como eu, buscavam a amizade dos amigos do presidente."

"Meu primeiro contato com o mundo foi falar diretamente com o presidente e com as pessoas. A juventude e muitos tradicionalistas viam os imigrantes quando eles mostravam quem eram e, quando não o faziam, a diferença não existia. Eu tinha urânio para usar, o que era motivo para o presidente me receber no palácio, uma personalidade cultuada pelo povo. Conversei com alguns sobre a nova tecnologia da fusão nuclear neste novo pais da América do Sul. Eles sabiam como responder. Conversamos sobre seus futuros, algo que é divino. Então, retornei ao palácio."

"Você sabe o que acontece com a maioria do povo? Vários casos mostram suas vidas se tornarem escravas de alguém mais culto e rico.

"Eu percebi que você tem uma abordagem diferente, Denis."

"Na verdade, desejo conhecer o mundo em várias formas, Felipe. Como cientista, meu objetivo é entender principalmente o que as pessoas precisam para viver bem. As coisas começam tão rapidamente, deixando outros incapazes de conhecer todo o conhecimento que alguém tem naquele momento. Meu conhecimento não teria utilidade se eu não me adiantasse na pesquisa."

"Eu imaginava que você estivesse mais ligado à natureza." Disse Felipe.

"Ao explorar a natureza humana, descubro maneiras de tornar a vida mais útil disse Denis.

"Você tem algum outro projeto além deste?" perguntou Felipe.

"Sempre tenho algo em mente. Tenho pensamentos, personalidade e conhecimento importantes para a vida." Respondeu Denis.

"Aliás, notei que você tem um costume diferente." Disse Felipe.

"Pode ser, tenho uma concepção diferente de como viver." Lembrei-me das vezes em que conversei com Almir, Gurgel e Foster. Eu me identifico mais com Foster. Um sorriso se espalhava pelo meu rosto."

Enquanto os engenheiros e cientistas de Felipe estudavam alguns conceitos fundamentais na construção de uma usina de fusão nuclear, eu tinha total liberdade para fazer amigos e, por meio deles, descobrir os mistérios deste povo. Fui diretamente encontrar um rapaz chamado José, que eu já conheci do dia anterior. Fui à casa de seus pais e, juntos, caminhamos pelo morro até encontrá-lo no último lugar em que procuramos. Acompanhei-o em seu trabalho enquanto conversávamos. Ele não desperdiçava tempo."

"Você não tem algum tempo para conversar?" perguntou Denis.

"Realmente não tenho. Preciso trabalhar, porque aqui quem não trabalha acaba enlouquecendo, como dizem sobre as estrelas tão distantes que o homem não pode alcançar!" disse José.

"Gostaria de saber mais sobre minha pesquisa?" perguntou Denis.

"Agora não tenho tempo para isso. Talvez à noite." Disse José.

"Tudo bem. Estarei aqui." Disse Denis.

"Nos encontraremos no topo da colina para ter uma vista melhor." Disse José.

"Estarei lá." Disse Denis e se foram.

CAPÍTULO VINTE

UMA PAUSA NA NATUREZA

"José, filho de fazendeiros, acendia seu cigarro de palha, afastando os mosquitos com a fumaça. Eu imaginava sua chegada a um momento ainda mais importante. Seu trabalho era relevante, assim como o conhecimento atual. Eu estava mais interessado em conhecer enquanto trabalhava. Pensamentos por si só não capacitarão ninguém. A cidade não era muito diferente das que eu conhecia, com diferentes tipos de pessoas."

"Se eu procurasse, encontraria algumas semelhantes. Ruas e praças típicas onde as pessoas se reuniam antes da missa na igreja. Uma cidade pequena. Viajei de ônibus para chegar até aqui. A cidade do presidente demonstrava um grande interesse no desenvolvimento. Cada país tinha suas grandezas, contrastantes como duas partes do mundo. Pessoas com um mínimo de conforto ou satisfeitas com a vida.'

'Algumas pessoas mais interessadas conversavam sobre outros estados, encantadas com os proprietários das fazendas e buscando descanso nos vinhos. Esta cidade me lembrava muito de Aurora. Sem muita sorte, alguns deixavam suas origens para aprender e viver nas grandes cidades. De certa forma, consegui encontrar meu lugar, conhecendo diferentes tipos de pessoas de quase todos os lugares. Era uma cidade histórica com um maior desenvolvimento. Os visitantes de passagem viam muitas terras para venda e ficavam ansiosos para ter uma parte desse lugar."

"Construir um patrimônio de tamanho imenso nunca antes visto por um único indivíduo. Isso é o que muitos pensavam, mas a prefeitura tinha planos de proteção. Passei o dia agradavelmente caminhando por tudo. Voltei ao mirante e subi até o topo. O céu se enchia de cores vermelhas e amarelas. Flores diferentes tornavam aquele momento a recompensa do dia. O pasto ondulava lá embaixo com o vento da baixada. Havia luz e, de um ponto não muito distante, vi José aparecer. Ele se aproximava como um pastor, bom e humilde. Ele havia esgotado suas energias para o dia, e nosso diálogo seria um descanso, uma paz espiritual. Nunca me ocorreu tentar opinar sobre a vida dos outros."

"Muito bonita a vista aqui no alto da colina José!"

"Essa natureza é parte da minha história!".

"Tenho aprendido a conviver com diferentes pessoas e vejo que o povo aqui e muito amigável!" disse Denis.

"Quando eu era criança, costumava falar sobre aventuras como essas. Viajar para diferentes lugares. As pessoas se divertiam e riam," disse José.

"Aventuras... e vejo como é triste a realidade das crianças hoje em dia. Elas vivem a maior parte do tempo dentro de casa e não têm muitos lugares para brincarem!" disse Denis.

"Aqui as crianças ainda têm muito espaço nas montanhas. Eu tive uma boa infância e tenho muitas boas recordações da vida simples vivendo na fazenda com meus pais!" disse José.

"Olhando para o ambiente em que vivem, vejo várias diferenças. Por exemplo, o povo aqui não está tão preocupado com as mudanças climáticas, apesar dos cientistas estarem trabalhando vinte e quatro horas para achar soluções para o planeta." Disse Denis.

"Não e bem assim! O povo daqui se reuniu na cidade para protestar contra a falta de apoio para os fazendeiros que perderam muito com chuvas intensas e outras vezes com um período de seca prolongado" disse José.

"Foi bom saber que até aqui nos Andes ninguém escapa das mudanças climáticas!" disse Denis.

"Conte mais sobre a situação aqui!" disse Denis.

"Aqui as pessoas vivem em paz, mas as tempestades e esse clima louco está aumentando o custo de vida porque as pessoas estão perdendo tudo que tem e não sabemos como parar isso, não e mesmo?" perguntou José.

"Interessante! Ao mesmo tempo que tentamos mudar a situação o povo protesta em vários locais, mas os cientistas fazem o que pode. Evitar o sofrimento das pessoas e algo que infelizmente não está sob o controle de alguém!" disse Denis.

"Mas o governo poderia ajudar mais a população se usar o dinheiro corretamente no interesse dos necessitados e dos emigrantes climáticos que cada vez aumenta mais. <Muitas pessoas estão abandonando suas fazendas e negócios em busca de um lugar mais seguro!" disse José.

"Nossa! Mesmo aqui nos Andes que parece um lugar tão afastado de tudo! A situação mundial está mesmo caótica! Espero que como um cientista poderei ajudar as pessoas!" disse Denis.

"Você acha que tudo que estamos passando e um castigo divino por causa que o home tem sido egoísta e se esqueceu de Deus?" perguntou José.

"Eu tenho plena confiança em Deus. Até onde você acredita em Deus?" perguntou Denis.

"O homem é capaz de chegar a grandes distâncias, mas isso não prova sua capacidade de mudar o mundo. O homem, com todo esse poder e com crenças em Deus, é capaz de melhorar o mundo. Poderia, mas está fazendo pouco! Ao tentar mudar o mundo, alguém estaria tentando mudar as pessoas. Devemos mudar a nós mesmos para melhor e não criar uma situação de guerra e desentendimento em suas vidas. Eu acredito em Deus. Acredito até o ponto mais distante, chegando à base de que Deus criou tudo. Das trevas à luz, da morte à vida. Isso me faz lembrar da escuridão que existe ao redor da Terra. Vindo de um ponto sem brilho, sem vida, a primeira Força surgiu no surgimento do nada, criando uma boa base para o propósito da exaltação humana!" disse José.

"Nossa José. O que você disse e muito profundo! Não sabia que um fazendeiro vivendo aqui nas montanhas pudesse ter uma filosofia tao profunda a respeito de Deus e da vida!" disse Denis.

"Eu gosto de dialogar sobre o desconhecido. Nada é desconhecido para mim em termos de verdade, e eu luto por isso. Um dia, eu pensei em conhecer todos os povos existentes na Terra, imaginando a imensa falta de conhecimento sobre eles. Ao estudar sobre os países, mitos e habitats, meu interesse voltava-se para os pensamentos e intenções. Esses só podem ser descobertos através da convivência. As línguas não seriam barreiras. Eu estudava o tempo todo durante minhas pesquisas e fases. Para mim, a beleza não é apenas história, porque pode ser comparada com a verdade" disse José em um tom filosófico.

"Você se sentiu ofendido? Está incomodado por falar seus pensamentos?" perguntou Denis.

"Não estou ofendido, porque muitas coisas confiaram em mim sem que eu mesmo acreditasse. Eu me confundi ao estar envolvido com a minha criação. Ele nos deu uma mente para ser usada, e é isso que tenho feito desde então., durante centenas de anos!"

"Mas você não e tão velho José. Parece diferente, mas deve ter uns 33 anos, certo?" perguntou Denis.

"A diferença entre as pessoas, como eu vejo, está nos fatos que as mantêm afastadas do desconhecido ao seu redor e de suas próprias vidas. Está em seu ramo de vida e forma de pensar, está em como aprendem e nas diferenças sociais. Mais ainda, a diferença está no modo de ser." Disse José.

"Como você disse, José, eu também me baseio em Deus, o criador e exemplo de luta por ideais. Criamos bases a partir de nossas origens." Disse Denis.

"Exatamente. Eu sempre pensei assim desde o início e não posso abandonar esse pensamento. Também descobri, através de senhores experientes e distantes, vindos de lugares diferentes com seus próprios deuses e crenças, o quanto valorizam suas crenças. Se formos a um lugar deles, com bases erradas ou certas para nós, depois de seus costumes." Disse José.

"Para o nosso Deus, talvez isso faça parte do poder de criação de cada um." Disse Denis.

"Talvez. Todos acreditam em um criador, seja ele quem for. Isso é algo pouco comentado e não há muita razão em discutir sobre elas sem bases sólidas." Disse José.

"E para qual parte da vida isso serve?" perguntou Denis.

"Serve para evitar uma guerra, para zombar da ambição. Todos os países e seus povos desejam impor suas filosofias dominantes neste mundo." Disse José.

"Eu já ouvi falar de pessoas que são assassinas da humanidade e nunca soube qual convencimento foi usado para fazê-las existir entre as pessoas de seu próprio povo." Disse Denis.

"Para mim, elas poderiam criar um ideal comum entre elas e se dedicar ao mundo, continuando a valorizar suas crenças e filosofias. Seria mais um motivo para aprender." Disse José.

"E qual é o ideal para todos os desejos? Por que o homem não se satisfaz facilmente?" perguntou Denis

"Não sou capaz de dizer, porque o destino do mundo se forma e eu não tenho o poder de mudá-lo, deixando as pessoas sem motivos para viver em suas condições. O poder supremo é capaz de moldar o homem de acordo com os desejos, mas muitos tem desejos insaciáveis!" disse José.

"Agora, dou um passo em direção a uma nova base, em busca de toda recompensa que posso alcançar. Com a felicidade de possuir. Em um momento inesperado, tudo pode terminar, revelando a verdade e a importância do dia em nossas vidas. Sobreviver e usar a ciência em nossas vidas e o que tenho feito. José, você já dedicou tempo para pensar nisso e explorar como vivem as pessoas em lugares distantes pelo mundo?" perguntou Denis.

"Nunca precisei e ainda não preciso. Pelo contrário, tenho o desejo de aprender sobre isso com certas pessoas. Elas vivem isoladas, distantes do contato com o mundo. Eu apenas ouvi falar delas, escondendo-se como sempre fizeram. E você é um exemplo, e eu não sou um tolo. O que eu poderia fazer com pouca experiência nas grandes cidades, sem bases para construir um império capaz de realizar meus ideais? Já estou velho demais para isso. Aqui, não corro o risco de ver minha vida desmoronar e talvez ter que recomeçar tudo novamente" disse José.

"Mas você precisa considerar, José, que seus filhos também têm o direito de escolher e ter oportunidades. Eles terão que seguir com você, aprender e ter uma boa educação."

"A escola não é tudo!"

"Isso depende de você, José. Cada pessoa precisa encontrar a melhor maneira de construir um futuro para si e para seus filhos. Buscando o bem, quanto mais melhorias puder proporcionar.

"Eu consigo imaginar meus filhos em uma cidade grande, lutando para vencer na vida e vivendo infelizes, enquanto aqui, tenho paz de espírito. Eles teriam uma perspectiva mais ampla. Quanto mais nos unirmos a pessoas queridas e conhecidas, mais a mente é estimulada. Cidades movimentadas e desgastantes não competem com toda a beleza que temos aqui. Isso também pode ser conquistado com dinheiro. Neste país, há muitas terras a serem aproveitadas. Com o mundo civilizado buscando aumentar seu valor, o presidente tem muitos recursos para isso. Cortar relações comerciais e agradáveis com outros países, sem esquecer as riquezas da Terra sobre as quais governa" disse José.

"Entendo. Você colocou isso de forma clara. Cada país tem suas diferenças. Cada presidente age de forma diferente." Disse Denis.

"Importamos produtos de lugares distantes e exportamos principalmente recursos naturais. Este país é um exemplo disso. Eu já vivi em muitos lugares. Durante o tempo em que estive lá, aprendi sobre as pessoas. O território é apenas uma perspectiva." Disse José.

"Eu também já viajei bastante e vi a vida das pessoas. É injusto ver tanta pobreza em lugares com tantos recursos naturais. Problemas e dificuldades sempre existiram. Gostei da sua observação, José. Você deve encarar seus pensamentos de forma natural. Eles não são um problema, são agradáveis e preenchem o tempo. Estou me baseando em uma afirmação que despertou em você um pensamento profundo." Disse Denis.

"Eu penso em viver feliz à minha maneira. Antes de conhecer tudo nas grandes cidades, continuarei vivendo aqui e aprendendo sobre o mundo. Meus filhos, eu e o futuro de todos nós dependem da sabedoria. Homens grandiosos devem se considerar bons entre si, se tiverem a capacidade de aprender, podem ir longe. Aqueles que não têm condições só piorarão cada vez mais." Disse José.

José apesar de ter crescido num ambiente isolado nas montanhas tinha uma filosofia de vida incrível.

"Acredito que entendo suas intenções. Sei que desperdicei muito tempo sem parar para pensar, como se nunca tivesse começado a encontrar segurança. Sempre fui de uma classe humilde, mas aprendi a ter pensamentos grandiosos dentro da minha humildade." Disse José.

"Seguimos caminhos diferentes. Eu voltei para os estudos e para a comunidade científica. Assim eu chamava os grupos de cientistas, pois eles eram os maiores exemplos de pensadores, juntamente com os filósofos. Mas isso não era o suficiente, eu também fazia a minha parte. Eu podia sentir os pensamentos de José se aproximando de mim." refletia Denis.

"Esse José é bem diferente. De tudo o que ele disse, só consigo pensar em aprender mais. Talvez ele quisesse me ensinar sem que eu pedisse. Eu nunca me canso das pessoas, e ele soube respeitar a minha pessoa. Respeitar o mundo e preparar minhas terras para enfrentar os problemas que vêm de longe, principalmente em relação a mim mesmo."

"Nunca saberei ao certo, e não me importa. Ele causou uma boa impressão e não vai desfazer uma pessoa ao compartilhar suas qualidades. José dedicou boa vontade às nossas coisas, e deixei para nós dois vermos isso na prática. Sem boas condições com suas terras e as do seu país, um homem desse tipo deve adorar buscar riquezas naturais, aproveitando a natureza, vivendo com ela, amando sua vida."

"Regiões distantes, com baixa qualidade de vida, possuem uma parte do espírito de José. O presidente moldou a vida dele. Ele tinha responsabilidades, ele tinha recompensas. Ele lutou por sua carreira, e ela está com ele. Quando uma cidade está prestes a ser construída, ela pode parecer semelhante a outras, mas era o povo de cada lugar que fazia a diferença."

"O futuro de uma cidade não está apenas na tecnologia. O nível mental trabalha em conceitos grandiosos quando há capacidade e facilidade. Países maiores não têm o direito de tomar posse das terras de outras nações para si, ou de seus recursos naturais. De histórias e lendas, os estados menos desenvolvidos ganham um verdadeiro misticismo em sua criação. Antes disso, havia este vilarejo cheio de novas intenções."

"Além do lucro e dos bens materiais, as condições do país são descobertas para facilitar o trabalho. Cada um se conecta com o outro, formando uma sociedade com bases antigas, liberdade distante de escolhas. Quem nada tem e sofre está profundamente isolado. Seres complexos e misteriosos são formados de maneiras diferentes e meritórias. Homens seguros de si mesmos estabelecem conexões adequadas para alcançar seus propósitos, com uma mente incansável, assim como eu."

"Muitos estavam vivendo sob a influência política que dirigia suas vidas. Se eu não tivesse valor para aqueles que nada têm a ver comigo, eu nem pediria uma opinião. Mas estou aqui para dialogar, trocar ideias sobre a vida. Nessas passagens, deixo marcas do meu modo de viver. Os pontos positivos ajudam. Depois da viagem, vou diretamente para o palácio do presidente. Em meu apartamento, aguardo a visita de alguém. Felipe está por perto, cheio de grandes ideias. Antes de me sentir sozinho, vou até onde ele está. Ele está em uma das várias mesas de sua sala. Ele se parece comigo. Ele está guardando suas ideias e projetos em lugares seguros e organizados. Com estímulo ao trabalho, ele tem uma grande ambição de melhorar seu pais também. Nosso projeto está prestes a ser inaugurado e iria trazer muitos benefícios para a população por fornecer uma energia mais barata a todos."

Denis estava reunido com o presidente no dia seguinte. Aquela conversa com José sob o céu estrelado e nas montanhas dos Andes o inspirou a pensar mais sobre a sua responsabilidade como cientista e no destino de milagres de pessoas passando por dificuldades ao redor do mundo.

"Eu gostaria de ter estado lá nas montanhas" disse Felipe.

"Minha saída foi mantida em segredo!" disse Deis

"Este projeto exigira uma maior segurança para você e os outros cientistas Não devem se afastar tanto!" disse Felipe.

"Você tem medo de que alguém nos mate?" perguntou Denis.

"Você custou caro. Deve ser o cientista exclusivo do meu país. Não posso deixar outros o sequestrarem e mesmo torturarem para obter segredos industriais e científicos." Disse Felipe.

"Neste país, não há ninguém capaz de construir algo tão grande por seus próprios meios!" disse Denis.

"Existem colaboradores e agentes especiais do governo. Enviei muitos ao país de Javier. Ele exigiu um bom pagamento para ter sua ajuda. Você deve ter recebido sua parte, certo?" perguntou Felipe.

"A energia de fusão está transformando nossa região e certamente vai transformar o mundo! Esse conhecimento tem que ser livre de fronteiras ou de barreiras políticas!" disse Denis

"Bem! Vou precisar ter algum retorno pelo investimento que fiz em todo este projeto, concorda?" perguntou Felipe.

"Pagaram muito por mim?" perguntou Denis.

"Javier aproveitou bem o meu interesse!" disse Felipe.

"Aprendi a não mostrar interesse. Quando as coisas começam a dar certo, não se deve demonstrar. O silêncio é o nosso maior amigo na vida. Ele não altera nem revela como seguimos. Pensando bem na situação, eu concordaria em mudar de lugar novamente se preciso."

"Os perigos desta base são poucos!" disse Felipe.

"O palácio presidencial está bem protegido?" perguntou Denis.

"Você está querendo ficar como hóspede? Ou você teme por sua segurança na base dos laboratórios?" perguntou Felipe.

"Não tanto. Já fiz a minha parte de minha assessoria para a nova usina de energia nuclear de fusão!" disse Denis.

"Ficar com você para enfrentar possíveis dificuldades não é tão lucrativo quanto tentar vender os eu trabalho para outro pais. Javier pode dar um passo à frente novamente e vender o projeto sem alguém para reclamar que e o dono da tecnologia" disse Felipe.

"Não me importo! Acredito que o conhecimento da energia de fusão e para ser usado livremente sem fronteiras entre países. O mundo não pode mais tolerar ganância de governos ou de pessoas! Tod0os estão sentindo o efeito das mudanças climáticas, certo?" perguntou Denis.

"Seria triste se alguém tentasse sequestrá-lo para ter sua assessoria!" disse Felipe.

"Para você seria! Talvez perdesse minha assistência e conhecimentos, mas os outros cientistas estão trabalhando bem!" disse Denis.

"Você passará a vida sendo requerido para assessor esta nova tecnologia!" disse Felipe.

"Pode ser, mas quero voltar com os outros cientistas do Brasil! Já fiz a minha parte para propagar a tecnologia para outros países!" disse Denis.

Depois da conversa Denis voltou para a base e foi para a usina nuclear que estava sendo construída nas montanhas dos Andes.

CAPÍTULO VINTE E UM

EM TERRA ESTRANGEIRAS

"O presidente deveria saber sobre algum grupo secreto. Ninguém gosta de ser passado para trás sem conhecer os acontecimentos deste novo dia. Eu andava pelas ruas relembrando meu destino desde que cheguei a Bolívia com Javier. Descobri novos tipos de vida, desenvolvendo novos conceitos em minha maneira de pensar. Quando criança, nunca imaginei um futuro tão movimentado. Na realidade, a vida é ainda mais agitada. Imaginar, como eu costumava fazer, é algo a se ver no meu próximo país. Eu queria retornar ao Brasil agora. O presidente não daria permissão e está fazendo planos sombrios por conta própria."

"A fase de mudança de habitat deixava muitas marcas na minha vontade de conhecer. O desespero por perder a autoconfiança me atingia às vezes. Desculpe, por ser humano, mas não existe nada perfeito. Tive que usar a minhas experiencias para me desculpar sempre. Queria voltar às minhas raízes. Sentia saudades de Aurora, Floresville, do grupo de cientistas do CNPq e Raquel."

"A vida agitada tornou-se a minha vida, para mim, para curar um resultado assim ou não querer ficar fora de capacidade ao observar o modo como as pessoas vivem do seu jeito sempre ocupados. E percebi que ficar numa vida solitária era o que restava. Tirar os sentidos de uma pessoa era mais uma forma de obter colaboração por parte dos governos."

Seu destino estava nas mãos do presidente por enquanto. Denis tinha um contrato de assessoria que estava acabando, mas não estava certo se poderia deixar o local assim que terminasse. Não sabia o futuro nem as intenções do presidente Felipe do Chile. Ele deixou marcas em muitas coisas paradas e aquele que assim age possivelmente tomará uma decisão. O projeto da usina de fusão era muito importante e estava sendo cada vez procurado pelos países."

Denis não aguentava mais ficar ali e planejou uma saída desapercebida da segurança da base militar e dos centros de pesquisa do Chile comandado de perto por Felipe e seus agentes governamentais.

"Acordei na parte de trás do avião, pronto para fugir do país. As defesas aéreas tinham dificuldade em detectar um pequeno avião partindo do país. Eles deviam ter alguns truques. Três homens estavam na frente e um sentado ao meu lado. Ele não demorou a me cumprimentar: "Seja bem-vindo".

"Eu domino a sua língua. Também falo português!" foi a explicação habitual. "Nós somos parte de um lugar próprio."

"Vamos estar livres do controle de Felipe?" perguntou Denis.

"Felipe! Encontrou um bom nome para outro carrasco!" disse o velho homem de longa barba e bigode chamado Sebastián.

"Entendi. Eles são inimigos do presidente!" disse Denis.

"Exatamente! Vivemos aqui mesmo, dentro do Chile, mas não concordamos com suas políticas públicas e planos secretos! Longe de qualquer contato com ele." Disse Sebastián.

"Como conseguem ficar longe do seu controle?" perguntou Denis.

"Vivemos na fronteira com o país vizinho e Felipe tem um tratado de amizade. Ninguém envia tropas para aquela região cheia de montanhas e selvas. Não conseguem nos localizar de avião. É impossível por terra. O alcance do radar é limitado." Disse Sebastián.

"Não há pessoas a favor do governo por lá?" perguntou Denis.

"Vivemos em uma grande fazenda e nos disfarçamos muito bem. Os humildes agricultores nunca desconfiaram de nada e são nossos amigos!" disse

Existe algo além de serem contra o governo?" perguntou Denis.

"Temos nossos negócios de turismo na região. Há a possibilidade de ganhar muito dinheiro com esta usina nuclear? Perguntou Sebastián.

"É uma tecnologia nova e requer muito investimento para começar a funcionar. "Vocês vivem na ilegalidade por serem contra a política do presidente Felipe?" perguntou Denis.

"Ele finge ser muito amigo de Felipe." Disse o piloto.

"Talvez eu não facilite!" disse Sebastián.

"Vocês conhecem meu modo de ser. Gosto de paz e assim não teria que colaborar com um governo que não concordo." Disse Sebastián.

"Não se deve mexer com um homem tão poderoso sem ter condições de se manter em segurança!" Disse o piloto.

O avião já estava em território brasileiro.

"Piloto, precisamos baixar a altitude. Denis está prestes a fazer um salto de paraquedas." Disse Sebastián falando ao piloto do pequeno avião.

"Certo, Sebastián. Vou começar a diminuir a altitude. Certifique-se de que Denis esteja preparado" disse o Piloto nervosamente.

"Denis, está pronto para o salto?" perguntou Sebastián: se aproximando de Denis.

"Estou pronto, Sebastián. Já verifiquei o equipamento do paraquedas e estou preparado."

"Ótimo! Lembre-se, quando saltar, conte até três antes de abrir o paraquedas."

"Entendi, Sebastián. Vou seguir suas instruções à risca. Vamos fazer isso!"

O avião continuava a diminuir a altitude enquanto Denis se prepara para o emocionante salto de paraquedas na densa Floresta Amazônica.

Denis estava a bordo do pequeno avião, com o coração acelerado pela emoção que o invadia. Era a primeira vez que ele se preparava para um salto de paraquedas, e a ansiedade se misturava com uma intensa empolgação. Ao se aproximar da porta aberta do avião, ele sentiu o vento forte e a adrenalina pulsando em suas veias.

Com um último olhar para Sebastián, que estava ao seu lado, Denis se preparou para o salto. Ele deu um passo firme em direção à abertura, sentindo o vazio do céu se estender diante dele. A floresta Amazônica aparecia majestosa e imponente lá de cima, com suas árvores gigantescas e a exuberante vegetação que se estendia até onde a vista alcançava.

Enquanto caía em direção à terra, Denis sentiu uma mistura de medo e maravilha. O mundo ao seu redor parecia gigantesco, e ele se sentia minúsculo em comparação. O vento assobiava em seus ouvidos enquanto ele mergulhava na imensidão verde da floresta.

"Estavam a uma altura segura para o avião não colidir com nada. Então, saltei sem hesitar, impulsionado por um agricultor de personalidade ambígua. Descia lentamente, como se estivesse indo em direção à morte lá embaixo. A noite caía, o tempo piorava e a chuva começava a cair. Eu me controlava para não entrar em desespero. O paraquedas ficava cada vez mais pesado e eu descia um pouco mais rápido."

"Observava os raios refletindo na vegetação molhada. Finalmente, cheguei ao chão, sendo arranhado pelos galhos secos das árvores mais altas. Insetos picavam-me ferozmente, provavelmente um enxame de abelhas ou vespas. Mas eu estava vivo e sentia-me aliviado por ter escapado daquele lugar. Coloquei os pés no chão, livrando-me do paraquedas. Agora eu enfrentaria a imensa selva, arriscando-me a escolher uma direção para seguir. Não tinha nenhuma segurança em caminhar na escuridão."

"Meu rosto estava encharcado pela chuva, completamente ensopado. Internamente, sentia a chama da vida agradecendo a Deus por estar vivo. Sentindo-me um pouco mais seguro onde pisei pela primeira vez, decidi sair da clareira e adentrar as árvores. Deitei-me ao lado de uma delas e cobri minha cabeça com o paraquedas. Sentir meu corpo inteiro protegido me dava um pouco mais de segurança. Adiei a ideia de me livrar do paraquedas para mais tarde. O medo, de certa forma, ajudou-me a pegar no sono."

"Não consegui dormir mais quando o dia amanheceu. Eu não queria me tornar alimento para nenhum animal selvagem. Estava em território desconhecido, e os habitantes locais poderiam me considerar uma ameaça. Habitantes como leões, tigres, cobras e ursos, dos quais temia bastante. Comecei a caminhar em direção a um lugar mais elevado, onde teria mais chances de sobreviver ao poder enxergar o caminho à minha frente. Não havia tanta vegetação em terrenos mais elevados."

"Caminhei sem destino por vários dias, seguindo caminhos tortuosos, subindo morros e contornando pequenas montanhas. O sol batia forte, como se quisesse me derreter. Após fortes chuvas, o sol escaldante tornava o calor insuportável. Sentia minha pele queimar. Estava completamente seco. Não era um deserto, mas a água estava escassa. A natureza parecia conspirar contra mim. Eu estava exausto, faminto, sedento e me sentindo completamente desorientado. O ar parecia pesado. Nada parecia me ajudar."

"A alegria que senti na primeira noite por estar vivo já não me motivava mais. Continuei andando mais alguns metros, esforçando-me ao máximo. Encontrei pequenas poças de água, troncos com buracos, mas tudo estava seco. O sol fervia há muito tempo. Um riacho para me refrescar, um rio com margens frescas era tudo que eu desejava. Desejava mais do que encontrar alguém vivo. Mas sem riacho, sem nada, só me restou deitar no chão e esperar por forças."

CAPÍTULO VINTE E DOIS

A TRIBO CANOPES

A falta de humanidade de alguns governantes feria Denis profundamente. Como alguém incapaz de matar um inseto, ele sentia seu corpo adoecer. Depois de ter implorado para viver com otimismo, agora tudo parecia não fazer sentido. Sempre havia uma réstia de esperança, mas até mesmo esse desejo desaparecia por completo. Ele ainda acreditava que Deus existia.

A questão de continuar ou não a existência após a morte era um mistério que Denis tentava desvendar. A ideia de que sua mente morreria com o corpo era difícil de aceitar. Talvez por isso ele ainda lutasse para sobreviver na escuridão. Começou a comer as plantas ao seu redor, ao lado de um tronco. Não tinha forças para escavar as raízes, sinalizando a falta de conhecimento ou recursos do povo que habitava aquela região.

Denis ouviu uma voz feminina, como se fosse um sonho ou uma realidade distante. Era uma mulher, uma médica, que procurava por plantas medicinais para produzir remédios importantes. Três homens estavam ajudando-a, incluindo um homem chamado Valdir, que estava deitado.

"Como você chegou até aqui? Você não é do nosso povo. "afirmou a médica.

"Não importa. Ele precisa de cuidados. Vamos levá-lo daqui. Não trouxemos nada, nem água. "respondeu um dos homens.

"Muitas pessoas também precisam de cuidados em nossa comunidade. "retrucou a médica.

"Ninguém morrerá por falta de remédios, mas talvez você queira ser responsável pela morte desse homem.

A médica parecia ser uma pessoa bondosa.

"Eu não sou tão insensível assim, doutora. "disse Denis.

Ele foi levado para a casa e laboratório onde as plantas medicinais eram processadas. Ali, recebeu água, comida e teve seus ferimentos tratados. Ainda estava em estado de transição entre a vida e a morte, mas começou a ter os primeiros sinais de consciência. Sentia-se reconfortado pelo carinho com que estava sendo tratado pela médica. Denis terminou mais uma refeição. O sol continuava lá fora e seu primeiro pedido foi que a cortina fosse fechada.

"Feche a cortina, por favor. "pediu ele.

"Claro! "respondeu a médica.

"Acho que consigo sentir meu coração batendo. "disse Denis.

"E ele vai continuar batendo por muito tempo "tranquilizou a médica.

"Nunca esperava encontrar um povo por aqui, mas enquanto estava consciente, desejei profundamente que isso acontecesse. "comentou Denis.

"Este povo vive da agricultura e de outras atividades. Você pode ver a humildade das casas. "explicou a médica.

"Eu venho da cidade e me sinto melhor aqui. "disse Denis.

"Quando você se recuperar, poderá partir. A menos que o povo não se importe em receber a visita de comerciantes interessados nessas terras. "sugeriu a médica.

"Com calma, não pretendo interferir. Quero conhecer este lugar e estou inclinado a ficar. "revelou Denis.

"Como você chegou até aqui? "perguntou a médica curiosa.

"Vou contar-lhe, se estiver disposta a ouvir. "respondeu Denis.

"Ficarei aqui ao seu lado. A propósito, meu nome é... "interrompeu a médica. "Me chamo Denis. "completou ele.

"Me chamo Glen" disse a médica.

Denis contou toda a sua jornada desde sua partida da cidade de origem em Aurora e Floresville. Ele relatou o caminho que percorreu, mas não falou sobre seu futuro, pois agora sabia que poderia mudá-lo.

"O que você realmente queria fazer? "perguntou a médica.

"Um dia, ainda pretendo continuar. Mesmo aqui, quero construir um lugar para chamar de lar.

Glen me deixou para cuidar das pessoas necessitadas do povo. Eu queria me afastar dos ataques contra minha vida e encontrar um senso de pertencimento em algum lugar. Completamente curado, senti pela primeira vez o verdadeiro significado da amizade e o amor por Glen. Eu não queria perdê-la. Decidi que precisava me estabelecer no povo, começando com um trabalho honesto e simples, para ser aprovado pela comunidade e ganhar sua amizade. Glen voltou rapidamente e me fez uma pergunta.

"O que você sabe fazer de melhor, Denis?

"Para esta ocasião, sei fazer medicamentos. Tenho conhecimentos em fórmulas químicas.

"Quer ser meu ajudante? "ofereceu ela.

"Não entendeu. Eu sei fazer remédios usando substâncias químicas. "expliquei.

"Aqui só temos plantas medicinais. Viemos aqui desde pequenos. "respondeu Glen.

"Viemos aqui no ventre de nossas mães, e os primeiros a chegarem hoje estão à espera da morte. "acrescentou ela.

"O problema será encontrar as substâncias certas "comentei.

"Existem apenas plantas medicinais "disse Glen.

"Não, descobri um método novo "revelei.

"Você está sempre um passo à frente? "questionou Glen.

"Ainda não. Gosto de ter algo bom reservado. "respondi.

"Como o quê? "indagou ela.

"Como um lar onde eu possa chegar e ver o meu mundo do jeito que desejo "compartilhei.

"Um lar, com filhas? "sugeriu Glen.

"Eu pensei em você como mãe "confessei.

"Estou bastante tempo nesta Terra. Quero começar certo "ponderou ela.

"Eu não estou com pressa "tranquilizei.

'Meu método de transformar vegetais, flores e tudo mais em pós líquidos e, por fim, em medicamentos, tornou-se popular. Eu mesmo tomava cada remédio para dar segurança às pessoas do povo. Sentia-me em harmonia com a natureza e livre por ter escapado da morte. Nas ruas, cumprimentava todas as pessoas com boa saúde. Eu era considerado o curador. Meus remédios eram amplamente utilizados, e a doutora atendia as famílias mais doentes em suas casas."

"Com o tempo, construímos nosso próprio laboratório, tanto para mim quanto para Glen. Estávamos sempre juntos. No centro da comunidade, tínhamos uma visão clara dos problemas enfrentados. Além dos meus conhecimentos científicos, fui convidado para lecionar na escola, compartilhando conhecimentos sobre o mundo e sobre a vida. Eu me via como um professor, ensinando aos adolescentes sobre os desafios possíveis que poderiam surgir e dando-lhes opções."

"Eu dormia no laboratório, mas precisava de um lugar definitivo. Glen não escondia seus sentimentos por mim, e nos unimos pelo nome de Deus, onde no inverno recebíamos orações e pedidos de proteção. As noites de inverno eram frias e perigosas, mas o local parecia um vale, um lugar ideal. Finalmente, tive condições iguais para mim e para Glen, proporcionando felicidade em nosso casamento. Ela trabalhava quando eu estava ocupado, e resolvemos problemas logo no início para evitar futuros atritos. Agora estávamos tranquilos.

A ideia de tentar voltar para a base perto da fronteira com a Bolívia ficava cada vez mais distante. Parece que Denis nunca iria ter paz ou um momento para viver sua vida particular enquanto estivesse envolvido com as usinas de fusão nuclear. Ele precisava de um tempo. Um tempo para viver e amar.

"O que uma esposa precisa para confiar no marido? Gostaria de saber sua opinião. "perguntou Glen.

"Já ouvi falar de muitos casos de ciúmes. "comentei.

"Bem, isso deveria ser resolvido antes de duas pessoas se unirem. "respondeu ela.

"Nós dois já resolvemos essa parte. "assegurei.

"Espero que sim. "disse Glen.

"Outro aspecto que pode prejudicar um casamento são os acontecimentos do dia a dia. Eles podem deixar ambos os nervosos e fazer cometer muitas bobagens. "mencionei.

"Para mim, tudo isso deve ser deixado fora do nosso lar. Vamos criar um ambiente melhor de entendimento aqui. Nas horas de folga, continuaremos nos conhecendo cada vez mais. Estou muito grato pela ajuda de seus amigos e dos meus agora. "concluiu Glen.

"A colheita só precisa ser tratada. Eles cuidaram de preparar a terra até agora. Isso foi valioso para nós. "disse Glen.

"O mais importante, Denis, é a nossa vida juntos. Vejo uma sinceridade além das palavras. "acrescentou ela.

"Os anos passavam e nós enfrentávamos todas as fases do casamento. Meu primeiro filho estava prestes a nascer. Durante o tempo em que estive no povoado, muitas vidas J vieram ao mundo. Um casal amigo nosso também esperava seu primeiro filho. O dia mais importante desta fase do casamento estava chegando. Ambos pareciam que nasceriam no mesmo dia."

"Chegou o dia para Glen, e seu filho Amir nasceu. Seu nome era Albair. Eu teria muito a ensiná-lo. Nossos amigos, Tom e Regina, tiveram um filho um dia depois. Seu nome era Daniela. Glen sentia dores físicas, e para mim, ter um filho significava vê-lo crescer e experimentar muito na vida. Os pensamentos e as sensações do momento ainda persistiam até que o bebê crescesse mais."

"Caminhando entre caminhos floridos em meio à imensidão, percebia-se que a civilização ainda não havia alcançado aquele lugar. Os pássaros cantavam, os animais de porte maior estavam tranquilos, e isso era um testemunho. Árvores e vastas extensões de terras verdejantes cobriam um rastro deixado pelo tempo, o mesmo caminho pelo qual o povo havia chegado e no qual eu me aventurava. Uma lei fundamental foi estabelecida quando as famílias chegaram ao vale."

"Durante a existência do povo naquela região, os Canopes teriam o direito de seguir suas próprias vidas. A lei foi colocada no centro da comunidade, escrita em pedra e estava lá para ser vista. Ninguém deveria revelar a existência do povo nessa região. Os Canopes teriam a liberdade de partir ou ficar ali. O ideal era que partissem e retornassem com experiência suficiente. Cada um faria sua escolha. Essas palavras ficavam gravadas na mente de quem as lesse, mesmo que desinteressadamente."

"Eu daria o melhor de mim. O silêncio continuava sendo a peça fundamental para o sucesso. Nada lhe seria revelado antes de sua formação completa. Minha vida futura seria ali, no povoado, cuidando e criando meu mundo. As pessoas amigas e inimigas também faziam parte do meu mundo. Albair prometia ser um bom menino, eu o achava muito simpático. A incapacidade de encontrar um ponto final para a mentalidade expansiva parecia estar presente nele desde o nascimento. Um dia, sem que ele suspeitasse, Albair adotaria um papel ainda mais importante em sua vida. Era totalmente normal não querer influenciá-lo ainda. Caso ele não mostrasse interesse, eu abriria seus olhos com um favor. Eu nunca poderia escolher seu caminho. Ele teria liberdade.

Denis compôs um poema para Albair e registrou em seu diário as seguintes frases:

Não somente a profundidade do mar que nunca consegui desvendar,"

Não somente a distância das estrelas que por muitas noites ansiei pelo dia em que poderia senti-las,

Não somente ver e denominar com palavras simples como "que", mas amá-las,

Não somente a beleza da Terra que, desde minhas raízes, pude contemplar além disso, descobri meu próprio mundo, influenciado por pessoas que consideram seu crescimento mais importante do que o destino do mundo e, principalmente, sua presença nele. Nunca tentei mudar ou buscar a perfeição ao meu redor, mas minha vida se tornou alvo de minhas descobertas. Pontos sobre a vida.

Não somente o medo do desconhecido que pessoas felizes em suas terras distantes nunca perceberam, mas que para mim é o destino do mundo. Desejo que, para todo o infinito e todos os meus sucessores, possam descobrir e se envolver com fronteiras desconhecidas por mim, reservadas ao futuro de mais um representante dessa forma de pensar, a ser aprimorada.

De tudo que aprendi e vivenciei, deixarei meu conhecimento ao meu filho por meio de palavras e escritos, até que chegue o momento da minha morte. Espero conseguir fazer com que ele compreenda, para que assim eu possa dizer, no dia em que minha vida terminar, que minha missão na Terra teve um verdadeiro propósito.

Como meu último conforto, ao encarar os futuros anos de vida incertos, partindo da missão de fazer o máximo por Albair, espero que, mesmo sem saber se tudo o que aprendi será um dia utilizado por ele, haja um consolo em saber que existirá, em algum momento, a oportunidade para meu filho fazer uso desse conhecimento.

Considerando o desconhecido e arriscando toda uma vida diante da verdade criada por seu próprio ser, ele alcançará a maior recompensa que a vida oferece. Será algo mundial, universal, pertencente somente a ele, e a convivência com seu próprio mundo revelará isso.

As pessoas não precisam que lhes digam qual caminho seguir. Elas tropeçam e aprendem a sobreviver, e meu filho faz parte de uma linhagem formada por mim, meus antepassados e os dele. É um destino regular em que se domina a vida de cada indivíduo em seus diversos aspectos. Esses pontos de vista existem junto com a existência de todas as pessoas do meu mundo. Previsões - algo muito útil para mim, mas para Albair serão, sem dúvida, a recompensa por seu trabalho quando ele estiver em dúvida. É a razão que eu buscava, minha vida não havia terminado. Eu tinha quarenta e cinco anos. Ainda apreciava a beleza, trabalhava para abrir novos caminhos para a circulação do sangue em meu corpo. Refletia, sentia mudanças dentro de mim. Sentia a vida pulsando em meu ser. Eu estava seguro em relação aos meus ideais.

CAPÍTULO VINTE E TRÊS

RUMO A UMA NOVA PRIORIDADE

À medida que as mudanças climáticas se intensificavam, a necessidade de uma vida melhor impulsionava uma mudança fundamental nas atitudes dos governos em todo o mundo. Os recursos financeiros que antes eram destinados a armamento e conflitos bélicos agora eram redirecionados para atender às necessidades prementes da população e enfrentar os desafios climáticos.

No Brasil, o governo reconheceu a urgência de investir em soluções sustentáveis. Os recursos destinados a projetos militares foram realocados para a pesquisa e o desenvolvimento de tecnologias renováveis. A população, outrora desamparada, começou a sentir os efeitos positivos dessa mudança de direcionamento de recursos, com investimentos em infraestrutura resiliente, saneamento básico e educação ambiental.

Entretanto, nem todos os governos adotaram essa abordagem de imediato. Na Rússia, um drama pessoal desencadeou uma reviravolta. A família do presidente enfrentou perdas devastadoras devido a acidentes naturais causados por mudanças climáticas. A realidade cruel tocou profundamente o líder, que reconheceu a urgência de tomar medidas para proteger seu país e o mundo. No entanto, a falta de cooperação e coordenação entre os cientistas russos prejudicava a capacidade de avançar rapidamente com soluções eficazes.

Através de negociações diplomáticas e com a ajuda de cientistas de outros países, o presidente da Rússia viu a oportunidade de superar barreiras antigas. Ele estabeleceu um acordo com o Brasil para permitir que cientistas russos se unissem às equipes de pesquisa brasileiras, com o objetivo de compartilhar conhecimentos e recursos para enfrentar a crise climática global.

Em um dia solene, o presidente da Rússia, Vladimir, dirigiu-se à nação e ao mundo em um discurso transmitido em rede nacional. Seu semblante estava carregado de tristeza e determinação, e suas palavras ecoaram com uma sinceridade profunda.

Vladimir: com uma voz solene iniciou: "Companheiros russos e amigos do mundo, hoje compartilho com vocês um capítulo doloroso da minha vida. Há anos, minha querida esposa Olena foi tirada de nós por um tornado devastador que varreu a região central de nossa amada Rússia. Naquele dia, também perdemos nossos preciosos filhos e filhas. Foi uma tragédia que me deixou em profundo luto e me fez isolar-me do restante do mundo.

Lágrimas surgem em seus olhos enquanto ele continua.

"No entanto, o tempo de luto terminou. A Rússia e o mundo enfrentam desafios globais que exigem nossa unidade e cooperação. Chegou o momento de abrir nossas portas para o mundo e compartilhar nossos recursos, cientistas e tecnologia na luta contra as mudanças climáticas, um inimigo que afeta a todos nós, não importa onde vivamos."

À medida que suas palavras ressoavam, as pessoas dentro e fora da Rússia ouviam com atenção e emoção. A notícia de sua decisão de contribuir para a luta global contra as mudanças climáticas reverberou pelo mundo, recebendo aplausos de líderes internacionais e cidadãos comuns.

Na comunidade de Canopes, na Amazônia, Denis, Glen e Albair assistiram ao discurso com alegria e esperança em seus corações. Sabiam que a decisão do presidente Vladimir era um passo significativo na direção certa para um futuro mais sustentável e seguro para o planeta. Juntaram-se ao coro global de aplausos, ansiosos para trabalhar em conjunto na preservação do nosso único lar, a Terra.

Após ouvir o discurso do presidente russo Vladimir sobre a cooperação global para enfrentar as mudanças climáticas, Denis sentiu uma chamada profunda em seu coração. Ele já havia experimentado as maravilhas da natureza na Amazônia, mas agora sentia que sua expertise em física de fusão nuclear poderia ser uma valiosa contribuição para o mundo. Era hora de voltar para a comunidade científica e ajudar nos projetos de energia de fusão que ele tanto acreditava.

Denis compartilhou suas reflexões com Glen, enquanto caminhavam pela exuberante floresta amazônica.

"Glen, ouvi as palavras do presidente russo e não consigo deixar de sentir que é hora de voltar à minha área de especialização, a física de fusão nuclear. A energia de fusão tem o potencial de ser uma fonte limpa e inesgotável de energia para o mundo, e sinto que devo fazer parte disso."

"Denis, você é um cientista talentoso, e sei que sua experiência é inestimável. Mas o que isso significa para a nossa comunidade na Amazônia?" perguntou Glen.

"Compreendo suas preocupações, Glen. No entanto, acredito que, ao trabalhar na implantação da tecnologia de fusão nuclear e colaborar com a comunidade científica, posso contribuir para um mundo mais sustentável e, ao mesmo tempo, trazer benefícios para a nossa comunidade. Poderíamos explorar maneiras de implementar a nova tecnologia aqui também, tornando a Amazônia ainda mais autossuficiente em energia limpa" disse Denis.

"Denis, suas palavras fazem sentido. Você tem meu apoio para voltar à comunidade científica e ajudar a conduzir essa revolução na energia de fusão. Vamos trabalhar juntos para trazer os benefícios dessa tecnologia para o Brasil e para o mundo." Disse Glen.

Denis e Glen se beijaram, decidindo que era hora de dar esse passo importante. Denis estava prestes a embarcar em uma nova jornada, utilizando seu conhecimento científico para fazer a diferença na luta contra as mudanças climáticas e contribuir para um futuro mais sustentável para todos.

Havia se passado dois anos desde que Devis havia deixado o grupo científico do CNPq.

A colaboração entre cientistas de diferentes nações resultou na ampliação do uso do "Ecosoft". Este software tinha a missão de coordenar e gerenciar a pesquisa e o desenvolvimento de tecnologias renováveis em todo o mundo. O Ecosoft monitorava o progresso com base no número de emissões de carbono reduzidas, incentivando uma abordagem orientada para resultados.

O software estabelecia metas ambiciosas a serem atingidas até o ano 2100 e fornecia protocolos claros para as ações dos governos. As decisões governamentais eram monitoradas pelo Eco assegurando que estivessem alinhadas com a prioridade de uma vida melhor e sustentável para as gerações futuras. As informações eram compartilhadas em tempo real, permitindo que os líderes se adaptassem rapidamente às mudanças nas condições climáticas e às necessidades emergentes.

Uma reunião global de líderes governamentais e cientistas aconteceu onde o Ecosoft foi apresentado. A mensagem de esperança e progresso foi transmitida à medida que os líderes se comprometem a trabalhar juntos para enfrentar os desafios climáticos e criar um mundo melhor para todos. A tragédia pessoal do presidente russo se transformou em uma inspiração para uma ação global mais coordenada.

Ocorreu uma grande mudança nas atitudes dos governos, com a cooperação internacional impulsionada por necessidades urgentes, O papel central da inteligência artificial na coordenação de esforços transmitia uma mensagem de esperança e progresso por meio da colaboração e do compromisso com um futuro sustentável.

CAPÍTULO VINTE E QUATRO

LEGADO DE TRANSFORMAÇÃO

Denis, Glen e Albair retornaram à comunidade científica do CNPq (Conselho Nacional de Desenvolvimento Científico e Tecnológico) em São Paulo com grande entusiasmo. Eles foram recebidos com entusiasmo pelo diretor Ronaldo, que estava ansioso para tê-los de volta.

"Bem-vindos de volta, Denis, Glen e Albair! Estamos muito felizes em tê-los de volta à nossa comunidade científica." Disse Ronaldo0 e deu abraço em Denis e Glen.

"Obrigado, diretor Ronaldo. Foi bom passar um tempo na Amazônia, mas senti falta da nossa comunidade científica e de todos aqui. Esta e Glen minha esposa e meu filho Albair.

"Parece que você teve mais tempo para cuidar de si mesmo e formar uma família!" disse Ronaldo.

"Sim! Foi muito importante para mim este tempo!"

"É bom tê-lo de volta, Denis. E estamos ansiosos para aproveitar seus conhecimentos e experiência novamente. Temos um projeto empolgante em andamento nos arredores de São Paulo: uma nova usina de fusão nuclear. Gostaríamos que você fosse o assessor científico líder nesse projeto. Como foi sua assessoria na Bolívia?" perguntou Ronaldo.

"Infelizmente alguns governantes estão usando esta tecnologia para ter mais poder e influência política, mas não e isso que o mundo precisa agora! O emprego será incrível, diretor Ronaldo! Estou honrado em fazer parte desse projeto. A energia de fusão é o futuro, e estou ansioso para contribuir.

Nos meses que se seguiram, Denis mergulhou de cabeça no projeto da nova usina de fusão nuclear. Seus conhecimentos científicos e sua paixão pelo assunto foram fundamentais para tornar a usina mais eficiente e segura. Ele trabalhou lado a lado com a equipe de cientistas e engenheiros, compartilhando suas ideias e experiência.

Após a conclusão bem-sucedida do projeto, Denis teve a oportunidade de se encontrar novamente com o diretor Ronaldo.

"Denis, quero expressar nossa gratidão por seu trabalho excepcional nesta usina de fusão nuclear. Sua dedicação e conhecimento foram cruciais para o sucesso deste projeto." Disse Ronaldo.

"Obrigado, diretor Ronaldo. É gratificante ver que nossa pesquisa e esforços estão contribuindo para um futuro mais sustentável.

"Tenho certeza de que sim. Você é uma parte valiosa de nossa comunidade científica, Denis, e estamos ansiosos para ver o que o futuro nos reserva."

"Obrigado, diretor Ronaldo. Senti falta de todos aqui, e estou muito feliz por estar de volta. Juntos, podemos enfrentar os desafios científicos do futuro."

Denis, repleto de gratidão e determinação, havia retornado à sua comunidade científica com ainda mais entusiasmo do que antes. Seu comprometimento com a pesquisa e seu desejo de fazer a diferença na luta contra as mudanças climáticas continuavam mais fortes do que nunca.

Numa manhã ensolarada em São Paulo, Denis estava no CNPq quando avistou Raquel, a agora chefe da equipe do Ecosoft, que retornara de sua longa viagem pela Europa. Seus olhos se encontraram, e eles sentiram uma atração mútua que permanecia latente desde o tempo em que trabalhavam juntos.

"Raquel, que surpresa te ver de volta! Como foi a sua viagem pela Europa?"

"Denis, que alegria! A viagem foi incrível, conheci muitos lugares e aprendi muito, mas é bom estar de volta ao Brasil."

Enquanto conversavam, Glen, a esposa de Denis, chegou com Albair, de mãos dadas, causando uma pequena surpresa no ar. Raquel também notou a chegada de John, seu marido com uma menina andando a seu lado, e ambos riram, compartilhando um olhar cúmplice.

"Esta e minha esposa Glen!" disse Denis,

"É um prazer conhecê-la1" Disse Raquel dando um beijo na bochecha uma da outra como era costume no Brasil.

"E este é John, meu marido e minha filha Mariela" disse Raquel.

"Olá, Denis. Quanto tempo!" disse John agora com um sotaque mais aportuguesado.

Denis e Raquel introduziram seus respectivos filhos enquanto Mariela, a filha de John e Raquel, correu com Albair para o parque infantil que estava em frente deles.

"Parece que nossos filhos já se deram bem!" disse Glen.

"Parece mesmo. Acho que temos uma nova amizade familiar surgindo aqui" disse Raquel.

A manhã ensolarada continuou com risos, conversas e as crianças brincando alegremente no parque do CNPq. Denis e Raquel, mesmo mantendo um carinho especial um pelo outro, estavam felizes com suas famílias e com a nova amizade que se formava. Aquele encontro mostrou que a vida sempre reserva surpresas e que, às vezes, a amizade e a família são os verdadeiros tesouros da vida.

Denis estava em sua casa nesta noite fria de Julho. Em sua escrivaninha abriu seu diário onde tinha escrito muito durante o tempo na Amazonia e escreveu com muita emoção depois desse dia em que viu sua velha amiga Raquel. Ele estava ansioso para registrar as experiências e os sentimentos que haviam marcado esta fase de sua vida.

"Hoje, vivi um reencontro incrível com Raquel, uma pessoa que sempre teve um lugar especial em meu coração. Embora nossa atração mútua ainda seja evidente, ambos seguimos nossos caminhos com nossas famílias. Glen, Albair, John, e nossos filhos trouxeram uma riqueza de amor e alegria às nossas vidas. Somos uma nova família, unida por laços de amizade e carinho."

"À medida que nossas vidas pessoais se expandiam, nossos esforços científicos também continuavam a crescer. O projeto da usina de fusão nuclear em São Paulo foi um sucesso, e a energia limpa estava se tornando uma realidade em todo o mundo. Juntos, estávamos fazendo progressos significativos na criação de soluções sustentáveis para combater as mudanças climáticas e reparar os danos causados pelo aquecimento global."

"Através de nossa colaboração e foco nas necessidades do planeta, testemunhamos a formação de uma sociedade mais unida e solidária. As fronteiras criadas pelo homem na política, religião e cultura começaram a desaparecer diante do desafio comum de salvar a Terra. A humanidade se uniu, não apenas em palavras, mas em ações, em um esforço conjunto para proteger nosso lar e garantir um futuro melhor para todos."

Encerro este capítulo de minha vida com esperança e gratidão. Nossas conquistas científicas e nosso amor pelo planeta nos mostraram que, quando nos unimos em prol de um bem maior, somos capazes de superar qualquer desafio. Que esta jornada continue, e que possamos preservar a beleza e a diversidade de nosso mundo para as gerações futuras. Que o amor e a colaboração guiem nosso caminho, sempre focados nas necessidades dos outros, para o bem de todos."

Nos dias, meses e anos seguinte Denis continuava a trabalhar com a equipe de cientistas refletindo sobre o progresso alcançado e o legado que estavam deixando para as futuras gerações. Eles destacaram a importância de continuar a busca por uma vida melhor por meio da ciência, da colaboração e do cuidado com o meio ambiente.

Glen arrumou um emprego de médica no ambulatório do CNPq e estava muito feliz. Eles retornaram à comunidade de Canopes na Amazonia com a maioria da equipe de cientistas para visitá-los e conheceram novas opções de uma vida em equilíbrio com a natureza que existia lá.

Ronaldo ficou tão interessado na comunidade dos Canopes que convidou o chefe da tribo indígena para ir ao congresso do Rio Grande do Sul onde vários cientistas iriam mostrar o resultado de seus projetos e trabalho ao redor do mundo com vários integrantes internacionais.

Eles se reúnem na Universidade Federal do Rio Grande do Sul para compartilhar suas conquistas e refletir sobre o que ainda está por vir.

Enquanto celebravam o sucesso das tecnologias limpas no congresso e das descobertas médicas e das iniciativas de conservação, surgiram questionamentos sobre o legado que estavam deixando para as futuras gerações. A Dra. Ana ressaltou que, embora tenham feito progressos significativos, o trabalho estava longe de ser concluído. Eles discutiram a importância de continuar a colaborar e inovar, garantindo que o Brasil e o mundo possam desfrutar dos benefícios de suas descobertas.

Durante uma visita a uma escola local, a equipe percebe o impacto tangível de suas iniciativas de educação ambiental. Os olhares curiosos das crianças e suas perguntas inspiram os cientistas a compartilhar suas histórias pessoais de superação e realização. A Dra. Luísa falou sobre como superou desafios em sua jornada para se tornar engenheira ambiental e, ao fazê-lo, incentiva os Canopes a perseguirem seus sonhos.

A equipe refletiu sobre as conexões emocionais que desenvolveram ao longo da jornada. A Dra. Marta relembrou o impacto profundo que a comunidade de pescadores teve sobre ela, e o Dr. Rafael compartilhou como o apoio mútuo da equipe o ajudou a superar momentos de dúvida. As histórias de cada membro da equipe mostraram como suas vidas foram transformadas não apenas pela ciência, mas também pelas pessoas ao seu redor.

A equipe organizou um evento de celebração aberto ao público durante a convenção onde compartilham suas histórias e realizações. Representantes das comunidades locais, cientistas internacionais e líderes governamentais se reúnem para reconhecer o impacto do trabalho da equipe. Enquanto a Dra. Ana falou sobre a jornada que percorreram juntos, a mensagem de esperança e progresso ressoava na multidão, lembrando a todos que a mudança é possível quando as mentes se unem em prol de um objetivo comum.

A equipe olhando para o horizonte, reafirmava seu compromisso de continuar a explorar, inovar e colaborar. Eles sabiam que a jornada para uma vida melhor era contínua, mas sua determinação e conexões emocionais os impulsionam a enfrentar os desafios com confiança e otimismo.

No encerramento da conferência na Universidade do Rio Grande do Sul o chefe dos Canopes foi o último discursante ao final do último dia.

O chefe dos indígenas Canopes chamado Kaimbé, vestido com trajes tradicionais era um homem sábio e respeitado na floresta Amazônica, se levantou perante sua comunidade e os visitantes que ali se reuniram para ouvir suas palavras. Seu rosto estava marcado pelos anos de experiência na floresta, e sua voz ecoou com sabedoria ancestral.

"Meus irmãos e irmãs, todos nós aqui, animais e plantas, testemunhamos as mudanças na nossa amada floresta. Viemos através de estações de chuvas abundantes e tempos de seca implacável. Experimentamos a fartura da pesca e a escassez que deixou nossos estômagos vazios.

Os olhos de Kaimbé olharam para o horizonte, onde as árvores da região se estendiam.

"Fico triste ao ver que o homem não tem tratado a mãe natureza com o devido respeito. Nossos rios estão poluídos, nossas árvores estão sendo derrubadas, e os espíritos da floresta estão chorando. O equilíbrio que conhecemos está ameaçado."

Ele olhou para o céu, como se buscasse respostas nas nuvens.

"Mas não podemos ficar em silêncio. Nossa voz é a voz da floresta. Pedimos ao mundo lá fora, aos filhos da Terra, que escutem nosso chamado. Precisamos salvar a Terra para o futuro de nossos filhos e das gerações que estão por vir."

Os Canopes e todos os presentes aplaudiram de pé. Suas palmadas ecoaram a distância como se pudesse chegar até a floresta Amazônica.

Era um aplauso não apenas à sabedoria do chefe Canopes, mas também ao apelo apaixonado para proteger o planeta. O compromisso deles e de todos era claro: lutar pela preservação da Terra e honrar a grandeza da natureza que os rodeava, acabando com as fronteiras que separavam os irmãos de um mesmo planeta.

Manufactured by Amazon.ca
Bolton, ON

37062116R00142